KB162108

그림 속 나의 마을

그림 속 나의 마을

다시마 세이조 글·그림 | 황진희 옮김

초판 1쇄 펴낸날 2022년 6월 15일
편집장 한해숙 | **기획편집** 신경아, 이경희 | **디자인** 최성수, 최금옥, 이이환
마케팅 박영준, 한지훈 | **홍보** 정보영, 박소현 | **경영지원** 김효순
펴낸이 조은희 | **펴낸곳** ㈜한솔수북 | **출판등록** 제2013-000276호
주소 03996 서울시 마포구 월드컵로 96 영훈빌딩 5층
전화 02-2001-5822(편집), 02-2001-5828(영업)
전송 02-2060-0108 | **전자우편** isoobook@eduhansol.co.kr
블로그 blog.naver.com/hsoobook
페이스북 chaekdam | **인스타그램** chaekdam

ISBN 979-11-7028-961-6

E no Naka no Boku no Mura
Copyright ⓒ1992 by Seizo Tashima
First published in Japan in 1992 by Kumon publishing Co., Ltd.
Korean translation rights arranged with Kumon publishing Co., Ltd.
through JM Contents Agency Co.
Korean edition copyright ⓒ2022 by Hansol Soobook publishing Co.

이 책의 한국어판 저작권은 JM에이전시를 통해
Kumon publishing사와의 독점 계약으로 한솔수북에 있습니다.
저작권법에 의해 한국 내에서 보호를 받는 저작물이므로 무단전재와 무단복제를 금합니다.

※ 저작권법으로 보호받는 저작물이므로 저작권자의 서면 동의 없이
   다른 곳에 옮겨 싣거나 베껴 쓸 수 없으며 전산장치에 저장할 수 없습니다.
※ 책담은 ㈜한솔수북의 청소년·성인 대상 브랜드입니다.
※ 값은 뒤표지에 있습니다.

큐알 코드를 찍어서
독자 참여 신청을 하시면
선물을 보내 드립니다.

 책담 다른 내일을 만드는 상상

그림 속 나의 마을

다시마 세이조

황진희 옮김

오래된 정원이 있는 집

일본이 전쟁에서 지던 해, 우리 가족은 오사카 와카야마현 센난군 히네노에 있었는데, 얼마 지나지 않아 아버지 고향인 '고치'로 돌아갔다. 그 후 일 년 몇 개월 동안, 고치시에서 산 하나 넘은 곳에 있는 아가와군 니시분 마을에서 살다가, 이웃 마을 요시와라(현재 하루노)로 이사를 갔다. 그때 나는 일곱 살이었다.

쌍둥이 형제인 유키히코와 나는 수레에 가득 실린 살림 도구들 사이에 짐처럼 실려서 덜커덕덜커덕 요시와라로 갔다. 흔들리는 수레를 타고 숲속 하얀 길을 가다 보니, "숲속 하얀 길, 따가닥따가닥 마차가 달려요."라는 동요의 한 장면 속으로 들어와 있는 듯한 기분이 들었다. 동요는 환상적인 분위기이지만,

수레에 실린 유키히코와 나는 덜커덕거리는 길을 따라 알지 못하는 장소로 끌려가는 것이 그렇게 불안하고 두려울 수가 없었다.

드디어 우리는, 친할머니의 형제뻘 되는 사람 집에 도착했다. 집주인인 '다시마 진마'는 성격이 이상한 구두쇠였다. 메이지 시대에 시골 출신으로서는 드물게 동경에서 대학까지 다닌 진마 아저씨는 어렵게, 어렵게 자신의 아버지가 방탕한 생활로 빼앗겼던 토지를 전부 다시 사들이고, 지켜온 사람이었다.

그러나 전쟁이 끝난 후, 미군정이 행한 토지개혁 때문에 먹을 것도 아껴가며 어렵사리 사들인 농지의 대부분을 빼앗길 처지에 놓이게 되었다. 진마 아저씨는 평생을 독신으로 살았기 때문에, 한 사람 분량의 토지만 남기고 빼앗길 처지였다. 그래서 우리 일가 여섯을 몽땅 양자로 들이기로 한 것이다.

하지만 우리가 이사를 하고 난 뒤, 진마 아저씨는 토지개혁이 선포된 다음에 양자를 들인 경우에는 식구로 인정해주지 않는다는 사실을 알게 되었다. 밥을 먹여야 할 식솔만 늘고, 평생을 바쳐 사들인 논과 밭을 모두 빼앗겨 버린 것이다.

진마 아저씨는 사람들이 올 때마다 주체할 수 없는 분노를 마구 쏟아내면서 "맥아더가! 맥아더가!"라고 소리 질렀지만, 실제로 그의 화풀이 대상이 된 것은 우리였다. 아버지는 비겁하게 우리만 놔두고 혼자서 고치시에서 하숙하겠다며 가버렸

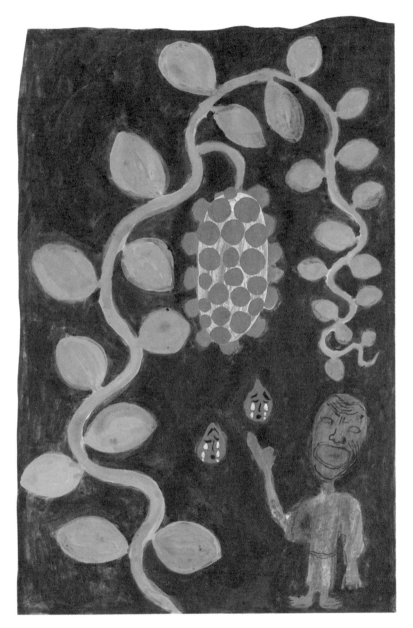

고, 형은 우리가 요시와라에 오기 전부터 에히메현에 있는 학교에 다니고 있었기 때문에, 엄마랑 네 살 위인 누나와 우리 두 형제만 진마 아저씨네 집에 남게 되었다. 우리 식구는 하루도 빠짐없이 진마 아저씨에게 괴롭힘을 당했다. 낯선 마을로 이사와서 친구도 없었던 우리는 진마 아저씨의 괴롭힘에 눈물 마를 날이 없었다.

멋진 저택의 오래된 정원에는 빨간 열매가 달린 백량금, 남천촉, 만년청이 있었다. 진마 아저씨는 센베이와 흑설탕을 몰래 숨겨놓고, 우리한테는 한 번도 주지 않았다. 배가 너무 고픈 우리는 나무에 달린 빨간 열매를 따서 맛을 보았는데, 모두 이상한 맛이 나서 도저히 먹을 수가 없었다. 특히 울타리를 타고 올라간 남오미자 열매는 모양도 이상한 데다가 쓴맛이 났다. 낯선 마을에서는 나무 열매까지 우리에게 심술을 부렸다.

집에 있으면 구박을 받으니 우리 둘은 개울로 자주 나갔다. 물은 차고 물고기와 개구리는 아직 진흙 속에서 잠을 자는지 강바닥에는 다슬기가 기어 다닌 자국만 남아 있었는데, 꼭 얼굴을 타고 흐른 눈물 자국처럼 쓸쓸함이 맴돌았다.

비교적 따뜻한 남녘땅인 도사(현재의 고치)였지만 이월 초순의 날씨는 꽤 쌀쌀했고, 우리가 사 년 동안 뛰어다닐 산과 들도 아직은 서먹서먹하게만 느껴졌다.

구멍 안 물고기와의 격투

요시와라에서 보낸 몇 년은, 쉰 살이 넘은 이 나이에도 꼭 끌어안고 싶을 만큼, 소중하고 사랑스러운 추억이 가득 찬 나날이었다. 내가 만약 한 그루의 나무라면, 그 뿌리는 요시와라의 산과 들과 개울로 뻗어 있을 것이다. 나는 마음속 깊이 뿌리내린 요시와라에서 영양분이 있는 물을 담뿍 빨아들여, 그 힘으로 가지와 잎을 무성하게 키우고 있다고 생각한다.

봄이 되자, 유키히코와 나는 양동이와 족대를 들고 집 근처 개울로 나갔다. 개울이라고는 하지만 논에 물을 대기 위해 만든 수로로, 얕은 진흙 바닥에는 물풀이 하느작거리고, 배가 붉은 도롱뇽이 기어 다니기도 했다. 잔잔한 개울에는 소금쟁이,

물맴이, 송사리가 헤엄치고 있었다. 우리는 족대로 송사리를 잡기도 하고, 맨손으로 올챙이를 건져 올리기도 했다.

집으로 돌아오는 동안 송사리는 양동이 안에서 죽어버렸다. 하얀 배를 드러낸 채 물에 둥둥 떠 있는 송사리를 보면, 갑자기 슬픈 생각이 밀려들어 양동이에 뚝뚝 눈물을 떨구었다.

유키히코와 나는 풍로 위에 생선 굽는 석쇠를 걸치고, 죽은 송사리를 깨끗이 씻어서 올려놓았다. 송사리가 석쇠 구멍보다 훨씬 작았기 때문에, 빠져나가지 않도록 철망이 교차하는 곳에 조심스럽게 올려놓고 젓가락으로 꾹꾹 눌러가며 구워 먹었다.

올챙이는 양동이 안에서 건강하게 자랐는데, 뒷다리와 앞다리가 나오고 꼬리가 없어지더니 작은 개구리가 되어 폴짝폴짝 뛰어서 달아났다.

그런데 이상하게도 한 마리만 뒷다리도 앞다리도 나오지 않았다. 알고 보니 새끼 메기였다. 우리는 우물곁에 있던 물통에 두 해 정도 메기를 길렀다. 새끼 메기는 십 센티미터 정도로 자라, 어디를 봐도 올챙이로 보이지 않을 만큼 당당한 메기가 되었다. 그러나 큰비가 내리던 어느 날 밤, 물통의 물이 넘치는 바람에 메기는 어딘가로 떠내려가 버렸다.

나는 지금도 그 새끼 메기가, 흘러내린 빗물과 함께 마당을 지나 도로를 헤엄쳐 무사히 강에 다다르는 모습을 상상한다. 내 마음 한구석에서는 사십 년도 훨씬 전에 달아났던 메기가

왼쪽부터 나, 유키히코, 할머니, 그리고 누나 요코.
일곱 살 즈음, 우리는 볕 좋은 이른 봄날, 밭둑으로 나가 밥을 먹곤 했다.

풀숲 아래 축축한 땅을 지나 강을 향해 필사적으로 헤엄쳐 가고 있다.

우리는 초등학생이 되면서 더 이상 농업용수용 수로에서 놀지 않았다. 바지를 허벅지까지 말아 올리고 개울에 들어가 고기를 잡았다. 우리가 자주 다닌 개울은 마을 한가운데를 가로질러 흐르고 있었는데, 폭이 이 미터도 되지 않는, 바닥이 진흙으로 된 곳이었다.

점토와 자갈, 붉은 흙으로 된 개울둑에는 꽃게랑 장어랑 둑중개(우리 마을에서는 동사리를 둑중개라고 불렀다.) 따위가 구멍을 파고 살고 있었다. 나는 구멍의 크기와 모양, 구멍이 있는 물의 깊이만 봐도 거기에 어떤 물고기가 살고 있는지 짐작할 수 있었다. 물론 크기나 생김새로 봐서는 분명히 둑중개가 사는 구멍인데, 들여다보면 안이 텅 비어 있는 경우도 있었다. 아마 어떤 사정으로 인해 다른 곳으로 옮겨 간 것 같았다. 나는 구멍에 손만 넣어도 거기에 사는 물고기의 크기와 성질을 알거나, 구멍 안 수온에 따라 여러 가지 상황을 예측할 수 있었다. 내 손이 구멍으로 미끄러져 들어가면, 구멍 안에서 스윽 하고 무엇인가 움직이는 '소리'가 팔을 타고 전해졌다. 소리가 전해지지 않는 경우에도 구멍 안에서 물의 움직임을 느낄 수 있었다.

그때부터 나는 곧 시작될, 정체 모를 물고기와 내 손과의 격

투에 대비해 허리를 낮추어 자세를 잡고, 가까운 곳에 물고기가 노망칠 수 있는 또 하나의 구멍이 없는지 확인했다. 구멍의 크기와 상대의 굵기에 따라 양손을 사용해야 하는 일도 있고, 발 디딜 곳의 상황이나 물 깊이에 따라 가까이 있는 친구들이나 유키히코의 도움이 필요하기도 했다. 그러나 대부분 아무 도움을 받지 않고, 혼자서 한 마리 물고기와의 고독한 싸움을 계속했다.

조심스럽게 손을 안으로 집어넣으면, 깜짝 놀란 물고기는 엄청난 기세로 저항했다. 손바닥에 닿는 즉시 손을 스치고 팔과 구멍 사이에 있는 틈으로 빠져나가는 일도 있었다. 이런 행동을 예상한 나도 물고기를 놓치지 않으려고 아주 빠른 속도로 구멍을 기습했다. 그러나 손을 넣자마자 내 손등 위로 도망치려고 하는 물고기도 있었다. 그러면 손등으로 물고기를 구멍 벽으로 밀어붙여 꼼짝 못 하게 하고, 천천히 구멍 안에서 손목을 돌려 손바닥 방향을 바꾸었다.

나는 소매 끝을 축축하게 적셔가며 중얼거렸다.

"어이, 정말 이럴 거야?"

그러면 물고기도 내가 생각지도 못했던 전술을 펼쳤다.

"너 같은 어리벙벙한 녀석에게 잡힐 줄 알고?"

'쉽지는 않군. 하지만 나에게는 또 다른 방법이 있지.'

속으로 이렇게 생각하면서 다시 공격했다. 친구들은 벌써 집

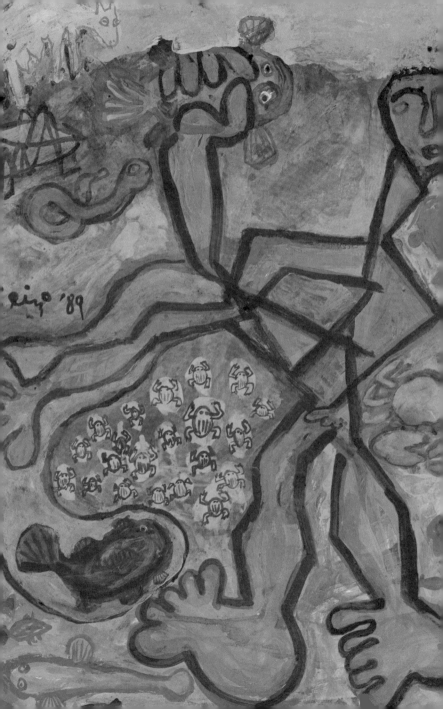

에 가고 없고 주위는 어느새 어스름해졌다. 엄마가 손전등을 비추며 찾으러 올 때까지 시간 가는 줄도 몰랐다.

구멍 안에서 큰 물고기를 잡을 때 손이 느끼는 감각은 곧바로 심장으로 전해졌다. 작은 생명이 온 힘을 다해 내 손을 빠져나가려고 할 때의 팔딱거림에서 사랑스러움과 광기가 뒤섞인 야릇한 느낌을 받았다.

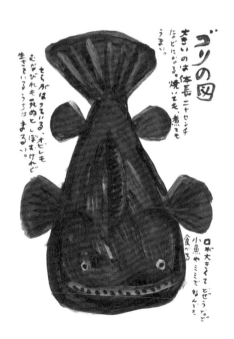

독중개
큰 것은 몸길이 20센티미터 정도다. 굽거나 졸여서 먹으면 맛있다.

아가미 덮개를 펼치고 있다. 지느러미와 가슴지느러미는 죽으면 오므라들지만, 살아 있을 때에는 둥글다.

입이 커서, 미꾸라지 등의 작은 물고기나 지렁이를 먹는다.

메뚜기에게 받은 격려

내가 태어나서 처음으로 걸린 병은 장염이었다. 생후 칠 개월 즈음이었는데, 그 후로도 몇 년 동안 유키히코와 나는 설사를 달고 살았다. 그 탓에 우리는 늘 비쩍 말라 뼈만 남은 모습이었다. 처음으로 다친 것은 세 살 때였는데, 오래된 우물에 거꾸로 떨어져 처박히는 바람에 이마가 깨졌다. 요시와라에 살 때도 자주 아프고 많이 다쳤다. 장염 후유증으로 조금만 과식을 하거나 배를 차게 하면 설사를 했는데, 아팠던 기억의 대부분이 소화기계통 질병이었다.

아버지가 고치시에서 사 온 고래 내장을 먹고 배탈 난 날은 정말이지 최악이었다. 그 무렵 '도사 만土佐湾'에서는 고래가 잘 잡혀 시장에서 쉽게 고래 내장을 살 수 있었다. 그렇게 넉넉한

형편이 아니었던 우리 집은 가끔 고래 내장을 사다가 졸여서 먹었다. 고래 내장은 냄새가 지독하고 누런 기름 덩어리가 붙어 있는 데다가 설명하기 어려운 묘한 맛이 났지만, 그리 싫지는 않았다. 그날 먹은 내장도 여느 때와 크게 다르지 않았는데, 우리 식구는 한밤중에 열이 펄펄 나고 심한 설사와 구토를 반복했다. 정작 시장에서 고래 내장을 사 온 아버지는 그날 저녁 약속이 있어 외출한 덕분에 배탈이 나지 않았다. 심지어 다음 날에는 사경을 헤매는 식구들을 남겨두고 일을 하러 나갔다. 아버지는 그렇게 매정한 구석이 있는 사람이었다.

유키히코와 나는 유달리 장이 약했다. 또 엄마와 누나에 비해 어리고, 덩치도 작은 데다가, 욕심껏 먹은 탓에 설사가 더 심했다. 본인도 배탈이 났으면서 세 아이를 돌봐야 했던 엄마는 얼마나 힘들었을까. 하지만 우리의 시련은 거기서 끝나지 않았다.

점심시간이 지날 무렵, 어떤 사람이 소식을 듣고 찾아와서는 음식을 먹고 탈이 났을 때는 벚나무 뿌리를 달여서 마시면 낫는다며 직접 달인 물을 내밀었다. 냄새와 맛이 고약한 그 물을 꾹 참고 마신 우리는 상태가 더 심해졌다. 알고 보니 벚나무 뿌리를 달인 물은 독극물을 먹었을 때 마시면, 속에 있는 것을 다 토해내는 효과가 있는 것이었다. 하지만 우리는 이미 너무 많이 토하고 설사를 해서 더는 쏟아낼 것이 없는 탓에, 온종일

노란 위액만 토해냈다.

　나는 손재주가 없어서 학교에서 공작이나 목판화를 할 때도 곧잘 손을 다쳤다. 유키히코와 나는 늘 낫과 주머니칼을 들고 다니며 대나무나 나뭇가지로 여러 가지 도구를 만들었다. 친구들이 별 어려움 없이 하는 것도 손이 야무지지 못한 우리는 늘 서툴렀다. 스스로에게 화가 난 우리는 만들던 것을 더 망쳐버리고는 훌쩍훌쩍 울기도 했다. 그래서 오히려 더 자주 다치지 않았을까 하는 생각도 든다.

　우리는 대나무로 만든 통발로 강에서 장어를 잡기도 했다. 대나무를 베어낸 한쪽 끝은 그대로 두고, 반대쪽 끝에 학교에서 쓰는 셀룰로이드 책받침을 비스듬히 끼워 넣어 '통발'을 만들었다. 통발 안에 지렁이 몇 마리를 미끼로 넣어 강바닥에 던져두면, 가늘고 긴 것에 들어가기를 좋아하는 장어는 책받침 구멍을 지나 맛있는 냄새가 나는 통발 안으로 들어간다. 책받침을 안쪽으로 비스듬하게 끼워두어서 통발 안으로 들어간 장어는 다시 밖으로 빠져나오지 못한다.

　어느 여름날, 학교에서 돌아오자마자 나는 혼자서 통발을 만들기 시작했다. 오래된 책받침을 적당한 크기로 잘라 대나무에 끼우던 나는, 통발에 들어 있는 지렁이 냄새가 밖으로 잘 나오도록 책받침에 작은 구멍을 뚫어놓으면 좋겠다는 생각이 들었다. 그래서 오른손에 송곳을 들고 있는 힘껏 책받침에 구멍을 뚫다가 책받침을 잡고 있던 왼쪽 손가락을 송곳으로 찌르고 말았다. 책받침을 뚫은 송곳은 살과 손톱까지 뚫고, 마룻바닥에 박혔다. 엄마는 일하러 나갔고, 누나와 유키히코도 아직 학교에서 돌아오지 않은 터라 도와줄 사람이 아무도 없었다. 햇볕이 뜨겁게 내리쬐는 대낮에 송곳에 찍힌 손가락을 마룻바닥에 붙인 채, 땀을 뻘뻘 흘리며 오랜 시간 동안 누군가가 오기만 기다리고 있었다.

너도밤나무가 많은 뒷마당에는 산초나 야생 동백이 자랐고, 양하가 군데군데 나 있었다. 여름에는 시원한 그늘이 생겨 아이들이 놀기에 딱 좋은 곳이었다. 채소 씨앗을 뿌린 둘레에는 사람들이 밭을 밟지 못하도록 굵은 말뚝 몇 개가 박혀 있었다. 장난꾸러기였던 나는 말뚝 위를 뛰어다니면서 곡예 흉내를 냈다. 친구들이 나를 보며 깔깔거리고 웃었다. 그런데 발을 헛디디는 바람에 나의 곡예는 끝나버리고 굵은 말뚝이 나의 허벅지를 뚫고 나왔다. 깜짝 놀란 친구들이 어른들을 부르러 갔다. 겁이 많은 여자아이들은 울면서 달아났다. 친구들 모습을 보고 내가 크게 다쳤다는 것을 알았지만 움직일 수가 없었다. 크게 다칠수록 오히려 아픔을 덜 느끼는 법일까? 울보였던 나는 울지도 않고, 꼼짝도 하지 않았다.

학교에서 일하다 급히 달려온 엄마가 나를 수레에 싣고 병원이 있는 옆 동네로 데리고 갔다. 정말 참기 힘든 고통은 다친 날로부터 이삼 일 후에 시작되었다. 의사가 소독한 탈지면을 허벅지 구멍 안에 쑤셔 박아놓았는데 성장기 어린이인지라 금세 돋아난 새살이 탈지면에 달라붙었다. 치료받으러 갈 때마다 의사는 살에 달라붙은 탈지면을 핀셋으로 떼어냈다. 내 허벅지는 그때의 고통을 지금도 기억하는 것 같다.

이 학년 때는 목 안에 있는 림프샘이 붓고 열이 나서 학교를 자주 빠졌다. 열이 잡히지 않자 엄마가 나를 읍내에 있는 병원에 데리고 갔는데, 의사는 곧바로 수술에 들어갔다.

마취해서 아프지는 않았지만, 잘 들지도 않는 메스로 아직 튀어나오지도 않은 울대뼈를 쓱쓱 자르면서 의사가 중얼거렸다.

"도대체 이유를 모르겠네."

의사가 중얼거리는 말을 나는 마치 남의 일처럼 듣고 있었다.

삼 학년이 되어서도 목이 아프고 림프샘이 붓는 날은 계속되었다. 엄마는 마침 자신이 일을 다니던 '모로기'라는 이웃 마을 병원에 나를 입원시켰다. 허벅지를 다쳤을 때는 모로기 마을 반대편에 있는 니시분이라는 마을 병원에 다녔는데, 니시분은 초등학교에 들어가기 전에 우리가 일 년 정도 살았던 산속 마을이었다. 하지만 반대편에 있는 모로기 마을은 어촌 같은 분위기였다. 산과 바다가 모두 있는 '도사'에서는 마을들이 대

부분 이렇게 바다나 산 쪽에 모여 있었다.

모로기 마을에 있는 병원에서 수술했을 때, 의사가 림프샘에 메스를 대자마자 살이 썩은 듯한 이상한 악취가 순식간에 병실에 퍼졌다. 대체 그건 무슨 냄새였을까? 나와 엄마는 지금까지도 냄새의 정체를 알지 못한다.

수술 후 일주일 동안 나는 그 병원에서 지냈다. 입원이라기보다는 의사 가족이 사용하는 방 하나를 빌려서 거기서 지낸 것이다. 날마다 나보다 한 살 많은, 영리해 보이는 여자아이가 쟁반에 차린 아침밥을 가져다주었다. 그때까지도 오줌을 가리지 못한 나는 실수한 젖은 팬티를 이불 속에서 체온으로 말렸는데, 여자아이가 아침밥을 가지고 올 시간이 되면 팬티는 말라 있었지만, 이불에서 나는 오줌 냄새까지 숨길 수는 없었다. 퇴원하고 나서 약 한 달 동안은 날마다 병원에 다녔다. 어른 걸음으로도 한 시간은 걸리는 거리를, 한여름 뙤약볕 아래 터벅터벅 걸어갔다. 하얀 마름꽃이 맑은 개울물에 고개를 떨굴 듯이 흔들리고 있었다. 걷다 보면 이 미터 정도로 시작된 개울은 점점 넓어져 오 미터가 되는 큰 강이 나오고, 그 강은 곧장 바다를 향했다.

하얀 마름꽃을 보면서 나는 공상에 잠겼다.

'강에 배를 띄울 수 있다면 찬 강바람을 맞으며 바다 쪽으로, 영리해 보이는 여자아이가 사는 의사 집으로 미끄러지듯

물살이 조금 빠른 곳에 피는
마름. 여름에는 긴 꽃대가 나와
수면 위에 하얀 꽃을 피운다.
나는 지금도 이 꽃을 보면,
터벅터벅 의사 집으로 가던 길이
떠오른다.

すこし流れの早いところに生える川藻、
夏には長い花柄が出て水面に
白い花が咲いた。
ぼくは今でもこの花の咲いている時を見ると
医者へのとおい道を
てくてく歩いていったときのことを
思い出す。

흘러갈 텐데.'

개울과 큰 강이 교차하는 지점에서 약 백 미터 앞쪽 산마루에 큰 팽나무 한 그루가 가지를 뻗은 곳이 있었다. 그 아래에 떠돌이 늙은이가 살던 동굴이 있었는데, "저런 곳에서 불을 피우다가 산불이라도 나면 큰일"이라며 마을 어른들이 돌과 막대기를 들고 쫓아내 버린 일이 있었던 곳이었다.

뜨거운 여름날에 축 늘어진 몸으로 팽나무 아래까지 가면, 더는 걷기가 싫었다. 겨우 사 분의 일밖에 못 갔는데도, 힘이 빠져 한 발도 더 내디딜 수가 없었다. 하지만 거기까지 가면 늘 나를 맞이하는 게 있었다. 발밑에서 메뚜기 한 마리가 풀쩍 뛰어 몇 미터 앞에 멈추어 섰다. 내가 거기까지 걸어가면, 메뚜기는 또다시 먼저 뛰어가서 기다리고 있었다. 마치 "세이조, 기운 내서 여기까지 와." 하고 말하는 것 같았다. 나는 메뚜기에게 격려받는 것 같은 기분으로 타박타박 걷고 또 걸었다.

질병과 상처는 사람을 고독하게 만든다. 유키히코와 나는 늘 자석처럼 붙어 지냈기 때문에 혼자 있는 일은 거의 없었다. 하지만 둘 중 하나가 아플 때면 떨어져서 혼자 지내야 했다. 그렇게 혼자 지낼 때면, 나는 꼬리에 꼬리를 물고 상상의 세계에 빠졌다. 그것은 지금도 내 마음속 깊은 곳에 고스란히 새겨져 있다.

병이나 상처가 몸에 이물질이 들어가서 고통을 느끼는 것과 마찬가지로, 어린이든 어른이든 늘 자신을 힘들게 하는 이물질과 싸워서 살아남는 것일까? 어릴 적 내 몸을 침범한 물체는 내 피부를 뚫고 내 살로 파고들었다. 피부가 찢어지던 순간의 나쁜 기분은 내 몸에 뚜렷하게 남아 있다. 나는 내 몸 여기저기에 남아 있는 상처의 흔적을 볼 때면, 그때의 내가 지금 여기에 있다는 생각이 들어 옛날의 나를 만난 기분이 든다.

운동화 사건과 집단 괴롭힘

1940년 1월 9일에 태어난 나는 일본이 전쟁에서 진 다음 해인 1946년에 초등학교에 입학할 참이었다. 당시 우리가 살던 니시분이라는 마을은 큰 마을에서 아주 멀리 떨어진 외딴 산속에 있는 곳이라, 집에서 학교까지 아이들 걸음으로 한 시간이 더 걸렸다. 몸이 약한 유키히코와 내가 도저히 학교를 오가기 힘들겠다고 판단한 부모님은 우리의 입학을 일 년 늦추기로 했다. 일곱 살이 되던 해, 우리는 고치현 아가와군 요시와라 마을로 이사를 하고, 요시와라초등학교에 입학했다.

목조 건물로 지어진 요시와라초등학교는 전교생이 칠십여 명으로, 규모는 작았지만 경치가 아주 멋진 학교였다. 일 학년 때의 담임은 가와사와라는, 젊고 상냥한 여자 선생님이었다.

우리는 금세 가와사와 선생님을 좋아하게 되었고, 선생님을 만나는 기쁨에 신이 나서 학교에 갔다. 당시 사진을 보면 멜빵바지 입은 유키히코와 나는 조금 병약해 보이기는 하지만 꽤 귀여운 일 학년이었다.

오 학년인 누나도 같은 학교에 다녔는데, 우리는 누나 친구들의 장난감이었다. 누나 친구들은 복도에서 만나기만 하면, 우르르 달려와 나를 안아 올리거나 간지럼을 태웠다. 간지러움을 참지 못해 자지러지게 웃으면서 데굴데굴 뒹구는 모습을 재미있어하는 것 같았다. 누나들은 마치 강아지나 새끼 고양이에게 하는 것처럼, 우리 목덜미나 턱 밑을 쓰다듬기도 하고 겨드랑이를 간지럽히기도 했다. 누나들이 내 몸을 만지거나 내 손이 누나들의 부드러운 팔이나 가슴을 스칠 때면, 기분이 이상야릇해지기도 했는데 싫지는 않았다. 간지러움과 야릇한 감정이 지나치면, 나는 바지에 오줌을 싸기도 했다. 내 바지가 흠뻑 젖은 것을 보면, 누나 친구들은 나를 내버려 둔 채 달아나 버렸다. 그때마다 누나가 달려와서 팬티를 갈아입히고, 눈물을 닦아주었다. 누나는 한 번도 나를 혼내거나 귀찮은 표정을 지은 적이 없었다.

유키히코와 내가 이 학년이 된 해에 엄마가 다른 학교에서 우리 학교로 전근을 왔다. 하지만 엄마와 우리가 함께 학교에 다닌 기간은 그렇게 길지 않았다. 뜸 사건이 일어났기 때문이

가와사와 선생님과 일 학년생들.
마지막 줄 왼쪽에서 세 번째와 다섯 번째가 우리 형제.
누가 유키히코이고, 누가 나인지는 모른다.

다. 엄마는 일 학년 담임을 맡았는데, 체벌을 별로 좋아하지 않아서 말을 잘 듣지 않는 장난꾸러기들에게 매를 드는 대신 뜸을 떴던 것이다. 그런데 여기에는 이유가 있었다.

유키히코와 나는 생후 칠 개월부터 장염을 앓았다. 엄마가 이질에 걸려 입원했을 때, 우리 쌍둥이도 장염에 걸려버린 것이다. 그 탓에 우리는 소화기관이 약해져 음식을 잘 받아들이지 못했다. 뭐든 먹기만 하면 설사를 하는 바람에, 결국 영양실조에 걸렸다. 아직 몸이 다 낫지 않았던 엄마는 우리를 부둥켜안고 어쩔 줄 몰라 했다. 엄마는 그대로 두면 아이들을 제대로 보살피지 못할 뿐만 아니라, 자신에게도 좋지 않은 일이 일어날 것 같다고 판단했다. 하는 수 없이 나는 엄마의 고향인 도쿠시마의 외할머니 집에 맡겨졌다. 외할머니가 내게 뜸을 떠주었는데, 금세 몸 상태가 좋아지더니 설사도 멈추었다. 소식을 들은 엄마는 아주 기뻐하며 유키히코에게도 뜸을 떠주었다. 유키히코도 마찬가지로 설사가 멈추었고, 우리 둘은 완전히 건강을 되찾았다. 그 후로 엄마에게 뜸은 신앙과 같은 것이었다.

하지만 뜸을 뜬 아이들 학부모들은 그 효능을 잘 몰랐던 모양이다. 효능을 알기는커녕, 몹시 흥분해서 학교에 달려와서는 소리치며 화를 냈다. 교장은 엄마 편이 되어 엄마에게 들은 뜸의 효능을 학부모들에게 열심히 설명했다.

당시 일본에서는 민주교육의 바람이 불고 있었다. 우리 학교 선생님들도 새로운 교육에 열정을 쏟고 있었는데, 새로운 교육은 촌장을 비롯한 보수적인 마을 사람들에게는 결코 좋은 인상을 주지 못했다. 결국 학부모들은 단합해서 교장과 엄마를 쫓아냈다. 그리고 그 자리는 내로라할 만큼 보수적인 교사들로 채워졌다. 특히 군인 출신인 히로타 교장은 무서운 사람이었다. 유키히코와 나는 히로타 교장으로부터 끊임없이 괴롭힘을 당했다.

예를 들면 시험을 치는 중에 감독하러 들어온 히로타 교장이, 끙끙거리며 문제를 풀고 있는 내 옆에 서서 큰 소리로 말했다.

"세이조, 비겁한 짓 하지 마라."

교실 안에 있는 아이들 모두 내가 부정행위를 했다고 생각했다. 지금의 나라면 당장 일어나서 항의했겠지만, 막 삼 학년이 된 시골 초등학생인 나는 그저 얼굴이 빨개져서 고개를 숙일 뿐이었다.

한 번은 나와 이름이 비슷한 학생에게 이렇게 말했다.

"너, 이렇게 쓰면 세이조라고 읽혀. 애써 시험을 잘 치고도 손해 볼 텐데!"

교실 안 여기저기서 키득거리는 소리가 들려오고, 아이들은 모두 내가 그 아이보다 공부를 못한다고 생각하게 되었다. 그 아이는 마을에서 힘깨나 쓰는 집안의 아이였지만, 성적이 나보다 월등히 뛰어나지는 않았다. 유키히코도 나와 비슷한 놀림을 받아 늘 훌쩍훌쩍 울고 다녔다.

운동화 사건은 그해 가을에 일어났다. 운동회의 꽃이라고 할 수 있는 오래달리기의 마지막 주자로 유키히코가 뽑혔다. 아주 이례적인 일이었다. 유키히코는 우리 학교에서 가장 느리게 달리는 아이였고, 상대방 팀의 마지막 주자는 우리 학년에서 발이 가장 빠른 아이였기 때문이다.

오래달리기에서 유키히코에게 배턴이 넘겨졌을 때, 유키히코 팀은 상대 팀보다 반 바퀴 정도를 앞서고 있었다. 그도 그럴 것이 바로 그 상대 팀에 유키히코 다음으로 느린 내가 있었기 때문이다. 배턴을 받아 쥔 유키히코는 안간힘을 쓰며 최선을 다해 달렸지만, 누가 봐도 걷는 정도의 속도로밖에 보이지 않았다. 드디어 상대 팀도 마지막 주자에게 배턴이 건네졌고, 그 아이는 맹렬히 유키히코를 쫓기 시작했다. 하지만 승패는 이미 결정된 것이나 다름없었다. 아무리 유키히코가 느릿느릿 달린다 해도 결승점이 코앞이었기 때문이다. 그런데 기적이 일어났다. 상대 팀 마지막 주자가 엄청 떨어져 있었던 거리를 점점 좁히더니, 결승점 바로 앞에서 유키히코를 앞질러 버린 것이다.

시골의 작은 학교 운동장은 흥분의 도가니가 되었다. 많은 관중이 손이 아플 정도로 작은 영웅에게 박수갈채를 보냈다. 반대로 유키히코 팀 아이들은 다 이긴 시합을 망친 분풀이를

유키히코에게 퍼부어댔다. 최선을 다하지 않았다는 이유로 유키히코를 때리고 발로 찼다. 유키히코는 최선을 다해서 달렸다며 울면서 호소했지만, 아무도 귀 기울여 들어주지 않았다.

그때, 갑자기 유키히코가 백단향 나무 아래로 달려갔다. 거기에는 학생들이 벗어놓은 나막신이나 짚신, 운동화가 있었다. 유키히코는 울면서 신발들을 닥치는 대로 집어 들고 학교 앞에 있는 논 쪽으로 던지기 시작했다. 나도 유키히코가 있는 곳으로 달려가 정신없이 논으로 신발을 던졌다.

아이들과 학부모들이 모두 논에 들어가 샅샅이 뒤졌지만, 새 운동화 몇 켤레는 끝내 찾지 못했다. 당시 학교에 운동화를 신고 오는 건 부잣집 아이들뿐이었다. 엄마는 피해자 집에 찾아가 울면서 사과했다. 그리고 돈과 쌀로 변상했지만, 학부모들은 용서해주지 않았다.

엄마는 히로타 교장에게는 항의를 했다. 저 드라마틱한 경기를 연출한 것이 바로 히로타 교장이었기 때문이다. 히로타 교장은 공정하게 팀을 짜서 다시 경주를 해보자며 운동장으로 아이들을 불러 모아, 힘이 한쪽으로 쏠리지 않도록 공평하게 두 팀으로 나눈다면서 달리기가 빠른 순서로 줄을 세웠다. 당연히 한 팀의 꼴찌는 유키히코이고, 다른 한 팀의 꼴찌는 나였다. 엄마의 항의를 히로타 교장은 더 큰 모욕감으로 돌려준 것이다.

운동화 사건으로 전교생의 미움을 받은 우리는 엄청난 굴욕

감을 느꼈다. 화가 난 나는 히로타 교장에게는 감히 덤비지 못하고, 바로 앞에 서 있던 겐타에게 분노를 터뜨렸다. 겐타는 늘 콧물을 줄줄 흘리고, 눈물이나 질질 짜는 굼벵이 같은 녀석이었다. 집도 가난하고 공부도 못했다. 그 아이가 나보다 앞에 서 있었다. 나는 어쩔 줄 모르는 비참함과 제대로 쏟아내지 못한 분노로 눈이 새빨개졌다.

정신을 차려보니 내가 겐타를 발로 차면서 소리치고 있었다.

"겐타보다 내가 더 빨라!"

증오로 얼굴이 붉으락푸르락해진 겐타는 비웃음에 찬 눈으로 나를 째려보았다. 나는 태어나서 처음으로 나보다 약한 인간에게 덤벼들었다. 야단칠 핑곗거리를 발견한 히로타 교장이 저쪽 끝에서 달려와서는 왜 싸웠느냐고 묻더니 우리 둘에게 달리기 시합을 시켰다.

나와 겐타는 전교생이 지켜보는 앞에서 시합을 했다. 보기 좋게 내가 졌다. 그로부터 반년 동안 유키히코와 나는 자주 학교를 빼먹었다. 가끔 학교에 가도 싸우고 울면서 도중에 집으로 돌아오곤 했다.

사 학년이 된 지 얼마 지나지 않았을 때, 체육 시간에 한 달리기 시합에서 내가 겐타를 이겼다.

그날은 너무 신나고 기뻐서 저절로 싱글벙글거렸다. 그러나 밤이 되어 어두워지자, 나는 원인 모를 흥분으로 기분이 혼란

스러워 잠을 잘 수가 없었다.

'겐타는 지금 어둠 속에서 울고 있을까? 어제까지 나를 억누르고 있었던 것과 똑같은 굴욕감에 힘들어하고 있을까?'

그렇게 생각하니 주체할 수 없는 비참함을 겐타에게 떠넘기고, 그날 하루를 좋은 기분으로 지낸 나 자신이 추잡스럽게 생각되어 견딜 수 없었다. 나는 이불 속에서 갈비뼈가 부서질 정도로 내 몸을 힘껏 껴안고 몇 번이나 몇 번이나 뒤척거렸다.

죽지 않는 밤의 새

가을이 깊어짐에 따라 남녘땅 '도사'의 마을에 흐르는 물이 차가워지면, 아이들은 강을 떠나 산으로 올라갔다. 막 붉게 물들기 시작한 산에는 밤, 으름덩굴, 돌감, 잣, 도토리 등이 우리를 기다리고 있었다. 이리저리 긁혀서 팔다리가 성한 곳이 없으면서도, 우리는 온종일 '밤골'이나 '잣골'에서 자루가 묵직해질 때까지 나무 열매를 주웠다.

 12월 중순이 지나면, 우리 마을에 겨울이 찾아왔다. 논바닥에 살얼음이 끼기 시작하고, 산 그림자가 드리워진 그늘에는 서리가 내리고, 개똥지빠귀와 직박구리가 날아왔다. 우리는 배고픔에 시달렸던 터라, 북쪽 나라에서 우리 마을까지 날아온 가련한 새를 잡아먹으며 겨울을 났다. 집에서 기르던 농사용 말의 꼬리털로 덫을 만들어서 나무 열매를 미끼로 새를 잡았다.

내가 처음으로 새를 잡은 것은 초등학교 일 학년 겨울이었다. 그때 느꼈던 놀라움과 희열은 지금까지도 내 몸 구석구석에 강렬한 느낌으로 남아 있다. 그때 일을 떠올리기만 해도, 죽기 직전 버둥거리던 새 한 마리의 몸부림이 내 심장에서 파닥댄다.

마을 아이들은 대부분 형이나 나이 많은 친척들에게, 덫을 사용하는 방법이나 덫을 놓는 장소에 대해 배웠다. 사냥은 아무 이득이 없는 다른 놀이와 다르게, 패전 직후 식량난이 극심했던 시기에 아주 귀중한 단백질 공급원이었다. 요정 같은 곳에 팔면 제법 큰 돈을 벌 수 있어서, 잡아놓은 새를 사러 '고치'의 외딴 마을까지 오는 상인들도 있었다. 그래서 아이들 사이에서도 사냥 잘하는 방법을 쉽게 가르쳐주지는 않았다. 우리는 친구들 형이나 친척 어른들이 산에 덫을 놓으러 갈 때 따라다녔다. 그들은 우리를 성가시게 여기기는 했지만, 어리숙해 보이는 우리에게 덫을 놓는 기술을 들킬까 봐 경계하지는 않았다. 덕분에 유키히코와 나는 어설프게나마 덫을 놓는 방법을 익힐 수 있었다.

하지만 머리를 빡빡 깎은 일 학년인 우리가 올라갈 수 있는 얕은 산은, 나무하러 가는 사람이나 땔감 주우러 오는 할머니가 자주 드나드는 길인 데다가 인근에 논밭이 있어서, 새들이 경계심을 풀고 덫에 접근할 만한 장소가 아니었다.

유키히코와 내가 처음으로 덫을 놓은 곳은 우리가 '딸기골'이라고 부르던 낮은 골짜기였다. 그 골짜기는 한때 아버지가 수박이랑 호박을 심은 밭이 있던 곳으로, 나무딸기와 장딸기 줄기가 넓게 뻗어 있었다. 주변에는 닥나무와 누리장나무가 우거져 있고, 산비탈에는 서너 그루의 적송赤松이 자라고 있었다.

처음에 우리는 닥나무와 산딸기 사이에 있는, 움푹 파인 땅에 덫을 놓았다. 하지만 거기서는 한 번도 새를 못 잡았다. 새를 잡기는커녕 누군가가 덫을 엉망으로 부숴버린 일도 있었다. 길에서 훤히 보이는 데라, 형들이 심술을 부린 것이다. 그래서 우리는 산딸기와 닥나무 가시에 긁혀가면서도 어떻게든 적송이 있는 곳까지 올라가, 아주 정성스럽게 덫을 놓고 내려왔다.

다음 날 아침, 우리는 의심스러워하는 누나와 함께 덫을 확인하러 집을 나섰다. 가파른 산길을 올라가 적송 아래를 확인하는 순간, 우리는 비명에 가까운 소리를 질렀다. 둘이서 힘들게 놓은 덫이 보라는 듯이 망가져 있었던 것이다. 먹이로 끼워두었던 나무 열매는 사방에 흩어져 있고, 덫을 받쳐두었던 나뭇가지도 부러져 있고, 덫은 어디로 가버렸는지 보이지 않았다. 나는 쏟아지려는 눈물을 꾹 참으면서 덫을 놓았던 곳으로 달려갔다. 유키히코는 적송 아래에 털썩 주저앉아 엉엉 울기만 했다. 누나는 유키히코 손을 잡고 어르고 달래면서 내가 있는 곳으로 왔다. 그때 산철쭉 수풀 속에서 푸득거리는 소리가 얼핏 들렸다. 나는 팅겨 오르듯 수풀 속으로 뛰어들었다. 거기에는 숨이 곧 멎을 것만 같은 새까만 새가 덫에 걸린 채로 끈에 칭칭 감긴 채 나뭇가지에 뒤엉켜 있었다.

전날 저녁 우리는 덫이 완벽한지 따져보다가, 개똥지빠귀나 직박구리보다 더 힘이 센 꿩이나 염주비둘기가 걸렸을 때를 대비하기로 했다. 그래서 질긴 끈을 덫 한쪽에 묶고, 땅 위로 튀어나온 소나무 뿌리에도 묶어 연결해놓았던 것이다.

새까만 새는 비교적 힘이 약한 직박구리였지만, 덫에 걸린 채로도 거뜬히 날아갔을 것이다. 그러나 우리가 만약을 대비해서 묶어둔 끈이 날아오르던 새를 땅으로 잡아 끌어내린 것이다. 직박구리는 덫에서 벗어나려고 몸부림치다가, 그 가는 목에 끈이 칭칭 감겨 거의 숨이 끊어질 지경이었다. 수풀 속에서 양손으로 새를 끄집어냈을 때, 새는 여전히 따뜻했다. 나는 내 손으로 죽인 첫 온혈동물의 죽음 앞에서 벌벌 떨었다. 집에 돌아오는 내내, 부모가 기다리고 있는 둥지로 돌아가지 못하고 밤새도록 몸부림치면서 힘들어했을 직박구리 생각이 머리를 떠나지 않았다.

다음 해 우리는 '딸기골'에 더 이상 덫을 놓지 않았다. 딸기골 입구를 지나 조금 올라가면 '잣골'과 '심지골'이 있었다. 큰

잣나무가 무성하게 우거져 있는 잣골은 여름에도 공기가 서늘했다. 잣골 안쪽으로 들어가면, 전쟁 중에 군인들이 돼지를 길렀다는 곳이 있었다. 그래서 마을 사람들은 이 골짜기를 '돼지움막골'이라고 불렀다. 심지골 경사면에는 모감주나무 한 그루가 서 있었다. 모감주나무 열매는 꽈리 주머니를 말린 듯한 모양이었다. 주머니 안에는 검고 둥근, 딱딱한 씨앗이 있어서 주머니를 흔들면 달가닥달가닥 소리가 났다. 그 검은 씨앗은 정월에 가지고 노는 하네츠키(모감주나무 씨앗에 새의 깃을 몇 개 꽂아 만든, 배드민턴 셔틀콕 같은 것을 주걱처럼 생긴 라켓으로 서로 치고 받는 놀이)의 동그란 심지와 비슷해서 마을 아이들은 모감주나무를 심지나무라고 불렀다.

우리는 두 개의 골짜기 중 한쪽을 지나 꽤 깊은 산속까지 들어갈 수 있게 되었는데, 어떤 새가 어느 골짜기로 와서 물을 먹는지, 어디에서 잠을 자는지, 어떤 하늘을 지나 집에 가는지 다 외울 정도였다. 개똥지빠귀가 어느 정도 굵기의 가지에 앉는 것을 좋아하는지, 직박구리가 어느 방향에서 날아와서 어느 종류의 나무에서 쉬는지도 알고 있었다. 산비둘기는 풀 열매랑 밭의 콩이랑 옥수수를 좋아하고, 개똥지빠귀나 호랑지빠귀는 사스레피나무 열매를 좋아하고, 직박구리는 백단향나무나 치자나무 열매를 좋아한다는 것도 알게 되었다.

유키히코와 나는 새의 심정이 되어 앉고 싶은 가지를 정한 뒤, 그 가지에서 잘 보이는 장소에 덫을 놓았다. 우선 덫 놓을 자리에 쌓인 낙엽을 치워서 땅바닥이 새들 눈에 잘 띄도록 정리하고, 빨간 남천촉 열매 몇 알을 그 위에 흩뿌려 놓았다. 개똥지빠귀가 자주 앉는 나뭇가지라면, 남천촉 열매 앞에 사스레피나무 열매를 더 뿌려놓았다. 그리고 그 주위를 섶나무 가지로 둘러싼 다음 한 곳만 열어놓고, 그곳에 덫을 놓았다.

삼 학년이 되자, 유키히코와 나는 새 잡기 달인이 되었다. 적을 때는 하루에 두세 마리, 많을 때는 여섯 마리 이상 잡기도 했다.

2월 중순이 지나 야생 동백꽃이 피기 시작하면, 동박새나 휘파람새가 꿀을 찾아 나무와 나무 사이를 낮게 날아다녔다. 새들은 그 무렵부터 북쪽 나라로 돌아가기 시작해서 3월에 들어서면 새가 잡히지 않는 날이 계속되었기 때문에, 아이들도 덫 놓는 것을 그만두고 더는 산으로 들어가지 않았다. 그러나 유키히코와 나는 끝까지 포기하지 않고, 북쪽 나라로 돌아가는 것이 늦어진 새들을 찾아 끈질기게 산에 올라갔다. 남은 새들은 깊은 산속에만 있어서, 우리는 어른 걸음으로도 두 시간이나 걸리는 깊은 산속을 헤매며 사냥감을 찾았다. 아직 강의 물고기들이 겨울잠에서 깨어나지 않은 계절이었기 때문에, 우리는 양식을 산에서 찾을 수밖에 없었다.

어느 날 저녁 무렵, 우리는 어김없이 덫을 살펴보러 길을 나

섰다. 덫을 놓은 곳이 너무 깊은 산속이라 도중에 길을 잃어버리는 바람에, 주위가 완전히 깜깜해졌을 무렵에야 겨우 덫이 있는 곳에 도착했다. 바로 그때, 공기를 찢을 듯한 비명과 함께 파닥거리는 격렬한 날갯짓 소리가 어둠 속 아주 가까운 곳에서 들렸다. 정신없이 달려가 보니, 커다란 새가 덫에 걸려 몸부림치고 있었다. 처음으로 직박구리를 잡았을 때처럼, 덫이며 나뭇가지며 먹이인 나무 열매가 마치 배고픈 어른이 허겁지겁 주워 먹은 것처럼 사방으로 어지럽게 흩어져 있었다. 그러나 만약의 경우를 대비해서 덫을 아주 두껍고 질긴 끈으로 굵은 나무에 묶어둔 까닭에, 새는 도망가지 못하고 온 힘을 다해 몸부림치고 있었다. 마을에서 '누에'라고 부르는, 개똥지빠귀보다 훨씬 큰 호랑지빠귀였다.

마을 사람들은 기분 나쁜 소리를 낸다고 해서 호랑지빠귀를 싫어했다. 호랑지빠귀는 한밤중에 정말 기분 나쁜 목소리로 울었다. 깜깜한 밤에 어디선가 호랑지빠귀 울음소리가 들려오면, 어두컴컴한 밤하늘 어딘가에서 괴물이 울부짖고 있는 모습이 떠올랐다. 마을 사람들은 옛이야기에서 미나모토노 요리마사(일본 헤이안 시대의 무사이자 시인)가 물리친 요괴인 '누에'를 떠오르게 한다고 해서 호랑지빠귀를 '누에'라고 부른 것이다. 허탕 치고 빈손으로 돌아오는 날이 허다했던 터라, 오랜만에 사냥에 성공한 우리는 몸부림치는 누에에게 달려들었다. 누에는 우리가 잡을 수 있는 산새 중에서 가장 큰 새였는데, 그날 우리 덫에 걸린 새는 누에 중에서도 큰 녀석이어서 어지간한 닭만 했다.

새는 거세게 저항했다. '어쩌면 이 녀석은 산의 신이 아닐까?' 하는 생각이 들 정도로, 누에는 덫에 걸린 상태인데도 끈질기고 거세게 저항했다. 우리는 정신없이 새의 목을 비틀었다. 새도 있는 힘껏 반항했다. 유키히코와 나는 번갈아 가며 누에의 목을 비틀었다. 새는 다 죽은 듯했다가도 금세 다시 살아나서, 푸드득푸드득 무서운 소리를 내며 날개를 파닥거렸다. 그리고 기분 나쁜 소리로 쥐어짜듯 울어댔다. 하지만 결코 죽지 않았다. 안간힘을 써도 누에가 죽지 않자, 우리는 미친 듯이 깃털을 뽑기 시작했다. 털과 함께 살점이 같이 떨어져 나오기도 했다. 몸 여기저기 피가 묻어나고 입으로 피를 토하며 몸부림을 치면서도 누에는 죽지 않았다. 우리는 당황한 나머지 두려움에 떨었다. 그 누에가 분명 산을 지키는 신일 거라 믿었다. 유키히코와 나는 어둠이 깊이 깔린 깜깜한 산속, 소리를 지르면서 미친 듯 파닥거리는 기분 나쁜 새 옆에서 서로 부둥켜안고 부들부들 떨었다.

우리
리
엄
마

우리가 요시와라 마을로 이사 왔을 때, 유키히코와 나는 일곱 살, 누나는 초등학교 오 학년이었다. 농업고등학교에 다니던 형은 우리랑 떨어져 에히메현에서 지내고, 사십 대 중반이었던 아버지는 고치현 교육위원회에서 일했다. 고치에서 지내면서 거의 집에 오지 않았기 때문에, 우리는 아버지 얼굴 보는 것조차 힘들었다. 엄마는 서른을 갓 넘긴 나이였다.

우리 가족은 친척인 진마 아저씨네 집에 양자로 입적을 하고, 아저씨네 집에서 함께 살았다. 진마 아저씨는 젊어서부터 소문난 구두쇠였다. "두부 한 모에 땅 한 평."이라는 말을 입에 달고 살 정도로, 먹을 것까지 아껴서 모은 돈으로 땅을 사 모았다. 그리고 재산을 지키기 위해 평생 독신으로 지내온 독특한 사람이었다.

진마 아저씨는 아이들을 아주 싫어했다. 우리는 진마 아저씨와 함께 지낸 첫날부터 괴롭힘을 당해 날마다 울면서 지냈다. 엄마도 계속 시달림을 당한 모양인데, 우리는 우느라고 정신이 없어 엄마가 견디기 힘든 고통을 받았다는 사실을 나중에 알게 되었다.

엄마는 몇 년이 지나고 나서야 우리에게 당시 이야기를 들려주었다.

"몇 번이나 우물에 뛰어들어 죽으려고 했어."

엄마의 이야기를 듣는 순간, 내 머리에 어떤 장면이 떠올랐다. 쏟아지는 빗줄기 속에서 온몸이 홀딱 섰은 엄마가 풀을 베던 모습이었다.

그날은 온종일 차가운 비가 세차게 내렸다. 나가 놀지 못해 심심해서 밖을 내다보려고 문을 열었더니, 엄마가 빗속에 쭈그리고 앉아 풀을 베고 있었다. 바로 앞에 우물이 있었는데, 엄마의 얼굴은 보이지 않아서 울고 있었는지는 알 수가 없지만, 우물에 뛰어들어 죽고 싶은 심정으로 빗속에서 울고 있었을 거라는 생각이 들어, 지금도 가슴이 미어질 것만 같다.

도시에서 자란 젊은 자신을 날마다 괴롭힌 진마 아저씨에게 엄마가 딱 한 번 저항하는 모습을 보인 적이 있다. 유키히코와 나는 강이나 밭에서 잡아 온 미꾸라지를 세숫대야에 넣어 툇마루 한쪽 구석에서 기르고 있었는데, 진마 아저씨가 '기분 나쁘고 더러운 것'이라며 내다 버렸다.

그때 엄마가 소리 높여 항의했다.

"당신 눈엔 거슬릴지 몰라도, 아이들한테는 보석같이 소중한 것이었다고요!"

진마 아저씨네 집에서 지낸 시간은 일 년이 채 안 된 걸로 기억한다. 아저씨네 집 북쪽에 감초밭이 있었는데, 그 건너편에 지붕을 짚으로 엮은 초라한 집 한 채가 있었다. 그 초가집에는 나이 많은 할머니가 혼자 살고 있었는데, 눈이 보이지 않게 되자 아들이 할머니를 '고치'로 모셔 갔다. 그러자 진마 아저씨는 곧바로 우리를 빈 초가집으로 쫓아냈다.

진마 아저씨네 집은 마당도 넓고 집도 으리으리했지만, 우리가 정붙일 만한 데가 거의 없었다. 장지문에 그려진 그림이나 기둥에 걸린 수묵화를 보는 것이 유일한 기쁨이었다. 그러나 놀다가 그림 액자에 손이 닿거나 부딪히기라도 하면 진마 아저씨에게 호되게 야단을 맞았기 때문에, 집 안에 있는 것만으로도 우리에게는 큰 고통이었다. 정원도 아주 멋스러웠지만, 정원석을 비롯하여 큰 단풍나무, 너도밤나무, 초귤(식초 대신 쓰는 유자·카보스·영귤 같은 감귤류로, 어린이는 먹지 못함), 백냥금, 만년청, 남천촉 등 어린 우리에게는 그다지 친숙하지 않은 식물들만 잔뜩 심어져 있었다.

그에 반해 할머니가 살던 초가집은 툇마루와 마당에 햇볕이 가득 들어오는 집이었다. 좁지만 밝고, 훤하게 트여 있어서 우리가 아무리 뛰어다녀도 부딪힐 곳이 없었다. 마당과 밭의 경계가 정해져 있지 않아서, 우리는 마음 가는 곳에 풀과 꽃을 심었다. 마당을 가로질러 가면, 욕실과 화장실이 있었다. 화장실과 욕실은 하나의 지붕으로 연결되어 있었는데, 여름에는 차요테(박과에 속하는 덩굴)가 지붕 여기저기에 줄기를 뻗어 주렁주렁 열매가 매달렸다.

차요테는 겉은 울퉁불퉁하고 속은 하얀 열매로, 아무 맛이나 향이 없었지만, 이리저리 궁리하면 여러 요리에 쓸 수 있었다. 그러나 방법을 모르는 엄마는 이웃집에서 하는 것을 보고 장아찌만 만들었다. 유키히코와 나는 차요테 장아찌를 그리 좋아하지 않았다. 식구들이 별 관심을 두지 않고 가을까지 내버려 두었더니, 박이 지붕에서 마당으로 저절로 떨어져 봄이 되니 여기저기 싹이 났다. 그다음 해 여름에는 화장실, 욕실이 온통 차요테 덩굴로 뒤덮일 정도였다. 박 덩굴이 몇 겹이나 겹쳐서 지붕 위에 우거지고 수백 개나 되는 열매가 달린 박 덩굴 아래에서, 나는 엄마로부터 눈이 뒤집힐 정도로 놀라운 이야기를 들었다.

어느 여름날 저녁, 엄마랑 함께 목욕을 할 때였다.

나는 욕조 안에 있었는데, 욕조 밖에서 몸을 닦던 엄마가 손가락으로 당신의 가랑이 사이를 가리키며 가르쳐주었다.

"세이조, 이 구멍에서 오줌이 나오고, 이 구멍에서 응가가 나오는 거야. 중간에 있는 구멍으로 너희가 나온 거지. 그러니까 여자는 남자보다 구멍이 하나 많은 거란다."

그로부터 일 년인가 이 년이 지난 어느 날, 엄마에게 된통 혼난 일이 있다. 진마 아저씨 집 동쪽에 남오미자가 우거진 꽃밭이 있고, 그 옆에 노모와 아들, 둘이서 사는 집이 있었다.

어느 여름날, 그 집 마당에 동네 아주머니들이 모여 잡담을 나누고 있었는데, 왜 그랬는지 모르겠지만 나는 어른들 앞으로 걸어갔다. 그러고는 아줌마들 앞에서 바지를 내려 아랫도리를 드러낸 뒤에, 뜬금없는 괴상한 말을 지껄이면서 이상한 춤을 추었다. 엄마가 그 일을 알고 나를 호되게 꾸짖었다. 나는 그날 저녁밥도 먹지 못하고 부엌 옆에 있는, 이불을 넣어두는 방에서 식구들이 맛있게 저녁 먹는 모습을 훔쳐보며 배가 고파 계속 울었다.

또 한 번 엄마가 몹시 화를 낸 적이 있다. 강에서 정신없이 놀다가 바지랑 윗옷을 다 잃어버리는 바람에 발가벗은 채 집으로 돌아왔는데, 삼 학년쯤 되었을 때였기에 부끄러움을 감춘답시고 집 앞에서 벌거벗은 몸으로 춤을 추었다. 엄마는 울면서 도망가는 나를 끝까지 쫓아와서 막대기로 마구 때렸다.

웬만해서는 굶기거나 매를 드는 엄마가 아니었는데, 이 두 번의 경우는 예외였다.

차요테가 우거진 목욕탕에서 가르쳐준 친절한 모습과 성기를 웃음거리로 하는 행위에 대한 무서운 질책은 서로 모순된 것이 아니라, 교육자이기도 했던 엄마의 확고한 신념이 녹아 있는 처신이었다. 하지만 당시 미숙하고 경솔하고 어렸던 나에게, 엄마의 행동은 앞뒤가 맞지 않는 일처럼 생각되었다.

마을에서는 봄가을에 '유산遊山'이라는 행사가 열렸다. 오락거리가 그리 많지 않았던 마을 사람들이 모처럼 모여서 맛있는 음식도 먹고, 술도 마시는 자리였다. 엄마는 별로 내켜하지 않았지만, 마을 사람들과의 교제는 엄마한테 맡기고 전혀 얼굴을 내밀지 않는 아버지를 대신해서 가끔 어쩔 수 없이 술자리에 참석하는 경우가 있었다. 엄마는 마을 사람들이 인정할 만큼 아름답고 지적인 사람이었다.

엄마는 꼿꼿하게 그 자리를 버텨내다가 술에 취해 치근거리는 남자들에게 따끔하게 한마디 던졌다.

"애들이 보고 있어요."

우리도 감시하듯 아저씨들을 노려보면서 아름다운 엄마를 지켜내려고 했다.

엄마는 요시와라로 오기 일 년 전부터 초등학교 선생님으로 일하기 시작했는데, 딱 한 번 우리랑 같은 학교를 다녔다. 우리는 그림 그리기를 좋아해서, 비가 오는 날에는 하루 종일 그림을 그리면서 놀았다. 그러나 학교에서는 어느 선생님도 우리 그림을 인정해주지 않았다. 어느 날 엄마가 미술 시간을 담당한 적이 있었는데, 유키히코와 내가 그린 그림을 칭찬하면서 아주 잘 보이는 교실 벽에 걸어주었다. 뿐만 아니라 학교 대표로 미술전에 출품해주었다.

학부모들은 자기 자식 작품이라 편애하는 것이라고 비난했지만, 엄마는 오히려 학부모들에게 항변했다.

"좋은 작품을 좋다고 하는 것이 어째서 편애인가요?"

도시에서 자란 엄마는 늘 자신의 의견을 굽히지 않아서 마을 사람들과 잘 어울리지 못했는데, 그림 사건으로 동네 사람들로부터 받는 비난이 더 심해졌다. 게다가 유키히코와 나는 늘 장난이 지나쳐서 사람들에게 피해를 주었고, '운동화 사건' 같은 일을 벌이고 다니는 바람에 엄마는 이집 저집 돌아다니며 사과하는 게 일상일 정도였다.

내가 이웃 아이와 싸우다가 돌을 던져서 그 집의 비싼 거울을 깨뜨린 날이었다. 저녁에 꽃밭에 물을 주는데, 그 집에 사과하러 갔던 엄마가 돌아왔다. 분명 울고 있었던 것 같은데, 자식에게 눈물을 보이면 안 된다고 생각했는지 얼굴을 감싼 채 휘

청거리며 마당을 지나 방으로 달려갔다. 내가 저지른 일로 엄마가 괴로워하는 모습을 보자 나는 견딜 수가 없었다. 어떻게 하면 속죄할 수 있을지 고민했다.

나중에 자라서 훌륭한 화가가 되면, 아름다운 엄마의 모습을 멋있게 그려야겠다고 다짐했다. 그 그림을 세계의 모든 사람에게 보여주고 엄마에게 보내드리리라고, 그러면 엄마는 분명 지금의 슬픔을 잊을 정도로 기뻐할 거라고, 어둠이 내리는 마당에 서서 나는 결심했다.

빨간 고추

요시와라는 그 어느 때보다 한여름이 가장 좋았다. 특히 아이들에게 여름은 최고의 계절이었다. 우리는 늦장 부리는 봄이 지나가기를 기다리지 않고, 여름이 오기도 전에 개울로 달려갔다. 오랫동안 아이들이 찾지 않아 조용했던 개울물은 맑고 투명했다. 다리 위에서 내려다보면 바닥의 작은 돌멩이, 하느작거리는 물풀, 작은 물고기들이 금방이라도 손에 잡힐 듯 투명했는데, 첫 번째 아이가 뛰어드는 순간 개울물은 눈 깜짝할 사이에 흙탕물이 되고 말았다.

옷을 모두 다리 위에 벗어던진 우리는 앞다퉈 물속으로 뛰어들어, 개구리나 미꾸라지가 된 듯 진흙 속을 헤엄쳤다. 모두 다 발가벗은 몸으로, 수영 팬티를 입은 아이는 한 명도 없었다.

우리는 발가벗은 모습을 '후리친'이라고 불렀다. 맑은 개울물이 탁해지고 우리가 후리친이 되었을 때, '도사'의 여름은 시작되었다.

우리의 여름은 후리친의 계절이라고 해도 좋을 정도로 들보나 팬티를 입는 것은 오히려 부끄러운 일이었다.

친구 중에 누군가가 들보나 팬티를 입고 있으면, 모두 이렇게 놀려댔다.

"벌써 거기에 털 났구나."

나 역시 벌거숭이였고, 개울물에서 헤엄치는 것을 단 한 번도 창피하게 여긴 적이 없었는데, 초등학교 삼 학년 때 아주 부끄러운 일을 당했다.

그날 우리는 강에서 헤엄치며 놀았다. 그 강은 우리가 늘 노는 개울물이 삼백 미터쯤 흘러 내려간 하류에서 만난 강으로, 폭이 오 미터 정도인데 만조 때에는 바닷고기가 잡힐 때도 있었다.

갑자기 누군가 손가락으로 한곳을 가리키며 소리쳤다.

"앗, 선생님이다!"

담임선생님과 여학생들이 둑 위에 있는 길에서 우리를 내려다보고 있었다.

깜짝 놀란 아이들은 서둘러 둑으로 올라가 물이 뚝뚝 떨어지는 몸을 닦지도 않은 채, 팬티를 입고 바지와 셔츠를 몸에 걸쳤다. 그런데 내 옷이 보이지 않았다. 우리가 정신없이 노는 동안 차오른 물이 강가에 벗어둔 내 옷을 쓸고 가버린 것이었다. 여자아이들이 놀려댔다. 나 혼자만 벌거벗은 몸으로 있는 것이 울고 싶을 정도로 한심하고 부끄러웠다.

그해 여름이었다. 유키히코와 나는 툇마루에서 아랫도리에 아무것도 걸치지 않은 채 낮잠을 잤다. 낮잠에서 깨어났을 때, 우리는 서로의 고추가 하늘을 향해 꼿꼿하게 서 있는 것을 발견했다.

"너, 왜 그래?"

"너는?"

우리는 고추가 평소와 다르다는 것에 몹시도 당황했다.

유키히코는 울상이 되었다.

"어쩌지? 왜 이렇게 됐지?"

"유키히코, 잠깐만 기다려봐."

나는 꽃밭에 심어놓은 화초나, 밭에서 자라는 채소가 뜨겁게 내리쬐는 햇볕 아래에서는 푹 고개를 숙이는 모습을 생각해냈다.

우리는 여름의 강한 햇볕이 지글지글 내리쬐는 곳으로 옮겨가 바지를 내리고, 타들어 갈 듯이 따가운 것을 꾹 참으며, 꼿꼿하게 선 고추가 풀이 죽을 때까지 기다렸다. 하지만 우리 고

추는 햇볕에 타서 껍질이 벗겨지고 익어갈 뿐, 좀처럼 고개를 숙일 생각이 없는 것 같았다. 참다못한 유키히코가 아프다고 울기 시작했다. 나도 따갑고 근질거리기는 마찬가지였지만, 그때까지 경험해보지 못한 새로운 감각이 나를 덮치고 있었다. 내가 내 몸을 마음대로 할 수 없는, 걷잡을 수 없는 이상한 기분이었다.

우리는 꼿꼿하게 선 채로 벌겋게 익어버린 고추를 하고, 우물가로 뛰어가 재빨리 두레박을 끌어 올려 차가운 우물물을 쏟아부었다. 하반신에 찬물이 쏟아지자 이내 기분이 편안해졌다. 그리고 어느새 나의 소중한 부분도 평소의 모습으로 돌아왔다. 우리는 그때 남자의 몸에는 식물과 정반대의 성질을 가진 부분이 있다는 것을 알게 되었다. 그 후로 기운차게 뻗은 수영이나 감제풀의 어린 줄기를 꺾을 때면, 가랑이 사이로 서늘한 바람이 빠져나가는 듯한 느낌이 들었다.

요시와라초등학교 삼 학년은 전부 스물일곱 명이었는데, 여학생은 열 명 조금 넘었다. 나는 그중에서 가즈미를 좋아했다.

가즈미는 마을에서 손꼽히는 부잣집 외동딸로, 언제나 비싼 옷을 입고 다녔다. 얼굴도 예쁘고 공부까지 잘하는 가즈미를 다른 아이들도 좋아했다. 선생님들도 가즈미의 비위를 맞추려고 했다. 여자아이들 사이에서도 여왕 같은 존재였는데, 사람들이 이런 식으로 가즈미를 대하다 보니 그 아이는 더욱더 거만하고 건방져졌다. 지금 생각해보면 삼 학년 때 가즈미보다 훨씬 귀엽고 상냥한 여학생도 있었는데……. 어쨌든 나는 남몰래 가즈미에 대한 사랑에 가까운 감정을 품고 있었던 것 같다.

삼 학년 학예회 날, 가즈미는 아름다운 진보랏빛 원피스를 입고 왔다. 우리 마을은 대부분 가난해서, 무대에 오르는 특별한 날에도 여느 날처럼 누더기를 입고 오는 아이들이 많았다. 가장 가난한 집 여자아이가 그날도 맨발로 등교했던 것이 기억난다. 그래서 가즈미는 전교생의 선망의 대상이 될 수밖에 없었다.

무대에 오른 가즈미에게 조명이 비추자, 신기하게도 진보랏빛 원피스가 에메랄드그린 색으로 반짝거렸다. 객석에서 입을 헤 벌린 채 가즈미를 보고 있던 아이들 입에서 탄성이 터졌다.

그날은 선생님들도 가즈미 부모에게 온갖 아첨을 떨었고, 가즈미 엄마를 추종하는 학부형들은 가즈미가 무대에 오를 때마다 대스타가 나온 것처럼 요란을 떨었다. 마치 '가즈미의 날'인 것처럼, 가즈미가 거의 무대를 독차지할 정도였다.

그날 밤, 나는 이상한 꿈을 꾸었다. 가즈미와 둘이서 어두컴컴한 우리 집 벽장 안에 있었다. 그녀는 여전히 진보랏빛 원피스를 입고 있었다. 나는 가즈미의 원피스를 뜯어내듯 벗겼다.

왜 꿈에서 그런 행동을 한 건지 알 수가 없었다. 아침에 눈을 떠서 지난밤의 충격적인 꿈을 분석해보았다. 아마도 가즈미와 함께 강에서 놀고 싶어서였을 거라고 생각했다. 아니면 둘다 자다가 오줌을 싸는 바람에 옷이 다 젖어서 서둘러 옷을 벗었어야 했다고.

이런저런 이유를 떠올려 보았지만, 그렇게까지 과격하게 벗긴 이유는 찾기 힘들었다. 삼 학년 학예회 날 밤에 꾼 꿈은 그후로 몇 년 동안이나 불가사의한 환상으로 남아 있었다.

오 학년 봄, 학교에서 돌아오는 길에 둑 위에서 오줌을 눈 일이 있었는데, 오줌이 바람에 흔들려서 아래에 있는 보리밭으로 떨어지는 것을 보면서 나는 그 이상한 꿈을 떠올리고 있었던 것 같다. 그런데 그때 갑자기 누군가 내 등을 떼미는 바람에 보리밭으로 고꾸라지고 말았다.

나는 큰 소리로 외쳤다.

"가즈미, 살려줘!"

그해 여름방학, 고치시에 있는 초등학교로 전학 갈 때까지 나는 친구들에게 계속 놀림을 받았다.

그해 늦은 봄이었다. 여름이 오는 것을 기다리지 못하고 개구쟁이 친구들 몇몇과 함께 강으로 갔다. 아직 물은 찼지만, 아무도 우리를 말리지 못했다. 학교에서는 이 시기에 물에 들어가는 것을 금지하고 있었다.

あかちんぽの木

빨간 잠지 나무

아이들은 서둘러 옷을 벗고 발가벗은 몸으로 강으로 뛰어들었다. 나도 맨몸이 되어 막 강물로 들어가려고 하는데, 먼저 물속에 들어간 아이들이 소리를 질렀다.

"세이조 고추는 빨개!"

아이들의 대합창이 시작되었다. 나는 당황해서 급히 아랫도리를 살폈다. 고추 끝이 성나서 빨갛게 부어올라 우리가 '빨간 잠지'라고 부르는 나무 열매와 똑같은 모양을 하고 있었다.

마을에 있는 병원에 갔더니 기생충이 들어가서 빨갛게 부풀어 오른 거라며 끝부분에 끈적끈적한 하얀 약을 발라주었다. 마치 빨간 체리가 흰 크림 속에 묻혀 있는 것 같았다.

그 후로 두 번 다시 발가벗은 몸으로 개울에서 놀지 못한 채, 아쉽게도 요시와라에서 보낸 마지막 여름이 끝나고 말았다.

마음속 응어리들

사십 년이라는 세월은 좋지 않은 기억을 모두 흘려보내고, 아름답고 즐거운 일만 남겨놓은 것일까. 요시와라에서 지낸 날들이 떠오를 때면, 햇살이 가슴 가득 차오르는 것 같다. 하지만 지금도 마음속 깊고 어두운 곳에는 몇 개의 응어리 같은 것이 가라앉아 있다. 그 응어리는 썩은 감자를 누르면 악취와 함께 삐져나오는 흐물흐물해진 살 같기도 하고, 뾰족한 것으로 손가락 끝이나 손바닥을 찔리는 것 같기도 하고, 좌르르 쏟아지는 먼지를 뒤집어쓴 것 같기도 한, 비참하고 지저분한 기분이 들게 한다.

요시와라에는 여름이 가까워지면, 풀이나 나뭇가지가 엄청

난 기세로 자라기 시작했다. 이른 아침, 유키히코와 나는 낫과 바구니를 챙겨 들고 염소에게 먹일 풀을 베러 갔다. 풀은 길가나 둑길 여기저기에 우거져 있어, 날이 선 낫으로 쓱쓱 베면 눈깜짝할 사이에 바구니 한가득 채울 수 있었다.

우물가에서 정성껏 갈아 날을 세운 낫은 풀을 한 바구니 가득 채우고도 여전히 번쩍거리며 날카로움을 뽐냈다.

날카로운 날은 아쉬워하는 소년의 마음에 잔혹한 생각을 부추겼다.

'이 낫이라면 히로타 교장 손목도 간단하게 잘라버릴 수 있을 텐데……. 꽉 쥔 주먹으로 우리의 관자놀이를 힘주어 짓눌러 대던 그 더러운 손목을…….'

나는 낫을 쥔 손에 힘을 주고, 내 눈앞에서 목을 길게 빼고 있는 수영꽃 꽃대를 단번에 베어버렸다. 잘 갈린 낫은 부드럽고 매끄럽게 뻗은 식물의 줄기를 아무 저항감 없이 스윽 베었다.

나는 흥분이 가라앉지 않은 번뜩이는 눈으로 둑이나 강가, 숲속을 뛰어다녔다. 상수리나무와 떡갈나무 사이에 겉옷을 하나하나 벗어던진 죽순이 삐죽 나와 있었는데, 벌써 머리에 보드라운 잎이 나기 시작해서 내 키보다 몇 배는 높은 하늘을 향해 뻗어가고 있었다. 근처에 있는 대밭에는 죽순이 이제 막 얼굴을 내밀며 서식지를 넓혀가고 있었다.

나는 풀로 가득 찬 바구니를 길가에 던져놓고, 산비탈을 뛰어 올라갔다. 그리고 아직 대나무라고 하기에는 이른, 수십 센티미터쯤 자란 어린 대나무의 푸른 밑동을 낫으로 쳐냈다. 쩍 잘리는 소리와 함께 기다란 어린 대나무가 주변의 나뭇가지를 흔들며 골짜기 쪽으로 쓰러졌다. 그 소리는 막 자라기 시작한 어린 생명이, 숨통이 끊어지면서 내지르는 비명처럼 들렸다.

"세이조, 그만해! 혼나면 어쩌려고 그래."

아래에서 바라보던 유키히코가 울부짖었지만, 나는 점점 잔인해지는 마음을 다스리지 못한 채, 잡목림을 헤치고 어두컴컴한 대밭으로 뛰어 들어가 이제 막 올라오기 시작한 죽순을 마구 베었다.

"다 잘라 버릴 테야. 모조리 잘라 버릴 테야."

유키히코도 대밭으로 들어와 눈에 띄는 대로 죽순을 쓰러뜨렸다. 우리는 아주 잠깐 동안 스무 그루나 되는 죽순을 난도질했다. 그러고도 모자라 쓰러진 죽순에 몇 번이나 낫을 휘둘러 아주 산산조각을 내버렸다. 어두운 대밭에 잘게 잘린 죽순들이 풋풋한 냄새를 풍기며 여기저기 굴러다녔다. 우리는 쓰러진 죽순 앞에서 거친 숨을 몰아쉬며 정신을 놓은 채 멍하니 서 있었다.

그날 저녁, 친구들과 한참 놀이에 빠져 있는데 동네 아주머니가 큰 소리로 우리를 불렀다. 진마 아저씨네 옆집에 사는 아주머니였는데, 내가 고추를 내놓고 춤춘 사실을 엄마에게 일러

바친 전력이 있어서 별로 정이 가지 않는 사람이었다.

아주머니는 아이들을 모아놓고, 아침에 자기네 대밭을 망쳐 놓은 녀석이 누구냐며 다그쳤다. 그러더니 몹쓸 짓을 한 녀석의 손에서 죽순 냄새가 날 거라며 모두 손을 내밀어 보라고 호통을 쳤다. 그제야 비로소 그날 아침 우리가 저지른 일이 얼마나 대책 없이 나쁜 짓이었는지 깨달은 나는 너무 겁이 나 제대로 서 있을 수 없을 만큼 몸이 후들거렸다.

아주머니는 아이들 하나하나의 손을 양손으로 잡아 코에 갖다 대고 아주 크게 숨을 들이마시면서 냄새를 맡았다.

"얘는 아무 냄새도 안 나."

"얘는 착한 아이 냄새가 나."

아주머니는 아이들에게 무죄를 선고하면서, 점점 유키히코와 내가 있는 곳으로 다가왔다. 나는 입을 꾹 다물고 부들부들 떨리는 손을 아주머니의 코앞으로 내밀었다.

"이 손은 어떨까?"

아주머니는 내 손을 코에 대자마자 홱 뿌리치고는 얼굴을 돌려버렸다.

아침에 낫을 들고 가는 우리를 보았던 게 틀림없었다. 처음부터 우리가 범인이라고 생각하고 있었던 것이다. 냄새를 맡기 전에 우리가 범행을 자백할 거라고 자신했는지도 모른다. 그런데 나는 범인의 손을 아주머니 앞에 내민 것이다.

나는 부드럽고 싱싱한 죽순 몸통을 낫으로 벨 때의 감촉을 지금까지도 잊을 수가 없다. 그리고 마치 재수 없는 물건을 만진 듯 내 손을 팽개쳤던 그 감각을 아직도 기억하고 있다. 악의에 찬 아주머니의 찌를 듯 날카롭고 뾰족한 손가락의 감각을 잊을 수가 없다.

가을이 오면 산에 갖가지 열매가 열렸다. 유키히코와 나는 모감주나무 열매를 따러 다녔다. 아기 주먹만 한 열매 안에 검고 둥근 씨앗이 들어 있었다. 개울가에 있는 돌로 열매를 쪼개고 부숴서 물과 섞으면 고운 거품이 일어 비누 대신 사용했다. 열매 안에 있는 씨앗은 정월에 하네츠키 놀이 도구를 만들 때 심지로 썼다. 망치로 씨앗을 깨면 안에 하얗고 기름진 과육이 차 있었는데, 꽤 맛이 있었다.

밭이 내려다보이는 둑길을 걸어 모감주나무가 있는 산골짜기로 갔다. 밭에는 수수와 조, 콩이 한창이었고, 새를 쫓기 위한 이런저런 도구들이 세워져 있었다. 널빤지 두 장을 이어놓거나, 밭 끝에서 끝까지 길게 이어진 줄에 빈 깡통을 매달아, 바람이 불면 깡통 부딪히는 소리에 놀란 새들이 날아가도록 해두었다. 농민들이 각각의 취향에 따라 만들어놓은 새 쫓는 도구들을 보면서, 우리 둘은 이러쿵저러쿵 잡담을 나누며 걸었다.

모감주나무 골짜기 어귀에 다다랐을 때였다. 길 아래 있는 콩밭 위로 매어놓은 줄에 전구가 여러 개 달려 있는 것이 눈에 들어왔다. 햇빛이 비쳐 반짝거리는 전구를 보면 새들이 무서워 할 거라는 생각에서 만들어놓은 듯했다.

"정말 재미있는 걸 만들었네."

콩밭의 전구를 흥미롭게 구경하던 나는 어느새, 손에 쏙 들어올 만큼 작은 돌멩이를 들고 있었다. 그리고 그것을 콩밭 쪽으로 힘껏 던졌다. 돌멩이가 밭에서 반짝이는 전구 하나를 맞혔는지 전구가 퍽 하고 둔탁한 소리를 내며 깨졌다.

"세이조는 어쩌다 맞힌 거고, 나야말로 백발백중이지."

유키히코도 이렇게 말하고서는 계속해서 돌멩이를 던졌다.

돌멩이는 전구를 맞히기도 하고 빗나가기도 했다. 우리는 숫자를 세어가며 전구 깨뜨리기에 정신이 팔렸다.

스무 개 넘게 달려 있던 콩밭의 전구는 단 하나도 남지 않고 전부 깨졌다. 시큰둥해진 우리는 모감주나무 골짜기로 달려갔다. 모감주나무의 가지가 비탈을 향해 가지를 뻗치고 있고, 열매는 골짜기 여기저기에 떨어져 있었다. 우리는 비탈을 오르내리며 열매를 백 개쯤 주웠다.

산에 있으면 산 아래에서 사람들이 이야기하는 소리가 잘 들린다. 소리는 실 끊어진 풍선이나 연기처럼 하늘로 올라오는 것일까?

정신없이 모감주나무 열매를 줍고 있는데, 귓가에 사람들

목소리가 들려왔다.

"도대체 누가 이렇게 못된 짓을 한 거야? 전구를 산산조각 내면 위험해서 밭에도 못 들어가잖아. 아무리 장난이라고 해도 너무 심하네."

아마 콩밭 주인이었을 것이다.

이어서 아이들 목소리가 들렸다.

"저희는 아무것도 몰라요. 조금 전에 다시마 쌍둥이가 산에 올라가는 걸 봤는데, 걔들이 한 짓이 틀림없을 거예요."

아마도 밤을 주우러 가는 마을 아이들이었으리라.

유키히코와 나는 그때 처음으로 우리가 저지른 일이 어른들을 엄청 화나게 만들고, 위험하고 뒤처리가 곤란한 아주 나쁜 장난이었다는 것을 알게 되었다. 모감주나무 열매가 가득 든 주머니를 어깨에 둘러맨 우리는 도저히 올라온 길로는 내려갈 자신이 없었다. 그래서 산속으로 들어가 이리저리 다니다가 주위가 캄캄해져 산길이 보이지 않을 정도가 되었을 때에야, 몰래 집으로 돌아갔다.

어린아이들은 보통 치밀한 계획을 세우지 않을뿐더러 힘도 약하기 때문에 장난을 쳐도 피식 웃어넘기게 되는데, 유키히코와 내가 어린 시절에 저지른 장난은 "애들이 한 건데 뭘……."이라고 넘기기 어려운 심각한 잘못이 대부분이었다.

마을 한쪽에 허름하고 작은 집이 있었다. 한국인 노부부가

이웃 아이들과 함께.
가운데와 오른쪽 끝이 우리 형제인데 누가 유키히코이고,
누가 나인지는 모른다.

낚시 도구를 파는 집이었다. 우리는 이 집에서 낚시 도구를 사서 썼다. 당시 낚싯줄은 너무 약해서 물고기들이 줄을 끊고 도망가기 일쑤였는데, 그때마다 낚싯바늘을 새로 사야 했다. 나는 분풀이 삼아 친구들과 함께 둑 아래에 있는 낚시 가게 양철 지붕 위로 돌을 던지며 외쳤다.

"조센진! 조센진!"

그날 노부부는 집을 비웠던 것일까, 아니면 집 안에서 숨을 죽이고 꼼짝도 하지 않았던 것일까. 우리가 아무리 소란을 피워도 안에서는 아무 반응이 없었다.

아주 오래된 일인데도 분노로 가득 찬 죽순밭 주인아주머니의 가늘고 뾰족한 손가락에 날카롭게 찔리는 듯한 느낌이 아직도 내 마음 어두운 곳에서 지워지지 않은 채 남아 있고, 콩밭 위에서 전구가 산산조각 나면서 내던 소리와 양철 지붕에 던진 돌멩이가 굴러떨어지면서 내던 소리가 지금도 내 귓가를 맴돌고 있다.

아물지 않는 상처

나는 늘 상처투성이였다. 덤불이나 수풀을 헤치고 다니다 가시에 찔리고, 풀에 베이고, 땅바닥에 튀어나온 돌멩이에 걸려 넘어지면서 생긴 상처가 헤아릴 수도 없었다. 히로타 교장에게 당한 지독하고 깊은 상처도 세월이 흐르면서 딱지가 생기고 흔적이 옅어지더니 점점 사라졌다. 이렇듯 대부분의 상처들은 살 속으로 묻혀버렸는데, 한두 개가 여전히 흉터처럼 남아 있다.

아이들은 몸과 마음에 상처를 잘 입는다. 마찬가지로 다른 사람들에게도 쉽게 상처를 준다. 어릴 적 산과 들에서 입은 상처나 타인에게 받은 상처는 집요하게 기억하고 있으면서도, 반대로 자신이 친구들에게 상처 준 일들은 금세 희미해진다. 아니, 그랬다는 사실조차 아예 기억나지 않는 경우가 많다.

　남쪽에 위치한 요시와라는 정월이 지나서야 며칠 동안 추운 날이 이어지다가 논에 얼음이 얼기 시작했다.

　같은 학년인 우메키는 껑충하니 키가 크고 얼굴이 예쁜 편이었지만, 눈에 띄는 아이는 아니었다. 치마를 군데군데 기워 입을 만큼 행색이 초라했고, 언제나 고개를 푹 숙인 채 말이 없었다. 우메키가 사는 동네는 누구네 집이라고 할 것 없이 모두 가난했는데, 그중에서도 우메키네 집이 특히 더 가난했다. 우메키는 맨발로 학교를 다녔다. 찬 바람이 부는 겨울이면 우메키의 발뒤꿈치와 엄지발가락이 트고 갈라져 피가 나곤 했다. 우메키는 매일 아침 교실에 들어오기 전에 찬물로 피를 씻어냈다. 갈라지고 터져서 피가 흐르는 발에 찬물이 닿을 때마다 얼마나 쓰라리고 따가웠을까?

　어느 날 아침, 나는 신발장 앞에 쭈그리고 앉아 울고 있는 우메키를 보았다. 늘 입을 꾹 다물고 말이 없어서 있는 둥 없는 둥 했던 조용한 아이가 얼마나 고통스러웠으면 소리를 내서 울고 있었을까. 나는 무슨 말을 건네야 할지 몰라 멍하니 서서 우메키를 바라보고만 있었다. 그때 몇몇 아이들이 몰려왔는데, 갑자기 우메키를 가엾게 여기는 내 모습이 멋쩍게 느껴졌다.

　나는 아이들에게 그런 모습을 들키기 싫어서 일부러 큰 소

리로 외쳤다.

"우메키가 우메우메 운다. 우메키가 염소처럼 우메우메 운다."

아이들도 나를 따라 박자를 맞춰가며 같이 놀리기 시작했다.

"우메키가 우메우메 운다."

우메키는 소리 죽여 울며 피가 흐르는 다리를 질질 끌고 교실 안으로 도망쳤다. 아이들은 계속 우메키를 쫓아가면서 놀려댔다. 우메키를 동정의 눈으로 바라보던 아이는 어디론가 사라지고, 전혀 다른 아이가 된 듯한 기분이 든 나는 그 자리에 멍하니 서 있었다.

사 학년이 되고 한참이 지났을 때, 센지라는 아이가 전학을 왔다. 학년이 시작될 때도 아니고, 학기가 바뀔 때도 아닌 어중간한 시기였다. 찢어진 윗도리는 깁지도 않았고, 바지는 여기저기 얼룩이 져서 지저분했다. 무서운 표정에, 어른 같은 얼굴이었다. 아이들은 센지가 소년원에서 나온 건 아닌지, 감옥에 갔던 것은 아닌지 수군거렸다. 이렇게 겉으로 풍기는 모습과 소문 탓에 아무도 센지에게 가까이 가지 않았다.

그 무렵 유키히코와 나는 '운동화 사건'으로 친구들로부터 한창 따돌림을 당하고 있었다. 눈치를 챈 센지가 우리에게 먼저 다가왔다. 깡마른 몸에 얼굴 생김새나 말투가 무서워서, 센지와 함께 있으면 아무도 함부로 우리를 괴롭히지 못했다.

수업이 끝나고 집으로 가는 길에 센지는 늘 우리와 함께했다. 센지네 집은 학교 바로 옆 산기슭을 따라 흐르는 개울가에 있었는데, 우리 집 가는 방향이랑 달라서 갈림길에서 헤어져야 했다. 하지만 센지는 자기 집으로 곧바로 가지 않고, 우리 집이 있는 이소도 마을 어귀까지 왔다가 되돌아갔다. 우리는 센지와 함께 걸어도 이야기를 나누거나 장난을 치지는 않았다. 하지만 우리랑 함께 있는 것만으로도 좋았던지, 센지는 그저 우리 곁에서 터덜터덜 함께 걸었다.

운동화 사건 이후 우리는 집에 돌아가는 길이 두려웠다. 아이들 몇몇이 길에서 기다리고 있다가, 몽둥이나 장대로 길을 막거나 마구 때리면서 우리를 괴롭혔다. 우리 둘은 언제 닥칠지 모르는 공격에 늘 오돌오돌 떨면서 집으로 돌아갔다. 하지만 센지와 함께 있으면 무서울 게 없었다. 얼굴을 빳빳이 들고 길 한가운데로 걸어갔다.

우리는 센지에게 부모와 형제가 있는지, 센지가 누구랑 함께 살고 있는지 전혀 몰랐다. 늘 산그늘에 덮인 개울가에 있는 집은, 낮에 보아도 왠지 으스스하게 느껴져 우리는 가까이 갈 생각조차 하지 않았다.

센지는 가방도, 교과서도 없이 학교에 왔다. 수업 중에는 희미하게 웃는 얼굴로 앞을 보고 있었다. 늘 분풀이 대상이 필요

했던 히로타 교장에게 센지는 더없이 좋은 먹잇감이었다. 히로타 교장은 센지를 가만히 놔두지 않았다. 센지를 야단치고 혼내는 모습을 보여주면 아이들이 자기를 잘 따르리라고 생각한 것인지, 무슨 일만 생기면 센지를 못살게 굴었다.

센지를 때리고 혼낸 뒤에는 교실을 둘러보면서 아주 멋진 일을 해낸 듯 의기양양한 표정을 지으면서 이렇게 말했다.

"어떠냐? 선생님이 잘했지?"

히로타 교장은 센지를 마구 괴롭힌 다음에 자신이 얼마나 유쾌한 선생님인지 과시라도 하듯 한바탕 크게 웃어댔다. 히로타 교장의 듣기 싫은 웃음소리에 맞춰서 몇몇 아이들도 따라 웃었다. 얼마 전까지 히로타 교장이 유키히코와 나를 상대로 했던 행동이랑 전혀 다를 게 없었다. 그래서 나는 센지를 동정했고, 그에게 우정에 가까운 감정을 느끼게 되었다.

히로타 교장은 센지를 하찮게 여겼으며, 화가 나면 주먹을 날리기도 했다.

센지를 비꼬거나 비아냥거릴 때는 주먹 쥔 손으로 쥐어박았고, 야단칠 때는 있는 힘을 다해 뺨을 후려갈겼다. 비쩍 마른 센지의 몸은 붕 날아 교실 뒷벽에 세차게 부딪혔다.

하루는 반 아이들 대부분이 같이 어울려서 사소한 장난을 쳤다. 그런데 그날 히로타 교장은 기분이 좋지 않았던지 갑자기 벌겋게 얼굴을 붉히며 소리를 질렀다.

"누가 이런 개떡 같은 짓을 한 거야?"

같이 한 장난이었기 때문에 누구의 탓도 아니라는 생각에, 우리는 모두 시치미를 뚝 떼고 모르는 척했다. 마땅히 갈 곳을 찾지 못한 히로타 교장의 분노는 센지를 향했다.

히로타 교장은 센지의 멱살을 잡고 확신에 차서 말했다.

"이런 짓을 할 놈은 너밖에 없어. 네 녀석이 분명해."

센지는 그럴 줄 알았다는 듯 비웃는 표정을 지었다.

센지의 표정을 본 교장은 길길이 날뛰었다.

"너의 그 썩은 근성이 이 학교 전체를 썩게 하는구나!"

히로타 교장이 센지를 사정없이 때리기 시작했다.

범인은 센지가 아니라 우리 모두라는 말이 목구멍까지 차올랐다. 그러나 내가 가로막으면 히로타 교장은 나를 때릴 게 틀림없었다. 아무리 두들겨 맞아도 센지는 끄떡도 없지만, 교장이 내 머리에 주먹을 갖다 대고 세게 눌러서 돌리기만 해도 콧속이 뜨거워지고, 눈물이 뚝뚝 떨어질 것이 분명했다. 내가 맞으면 엄청 아프겠지만 센지는 강하니까 아픔 같은 건 느끼지 못할 거라는 얌체 같은 생각을 하면서 목구멍까지 차올랐던 말을 꿀꺽 삼켜버렸다. 센지가 히로타 교장에게 맞는 동안 힐끔힐끔 유키히코와 나를 쳐다보는 듯한 느낌이 들었다. 우리만이 자신의 편이었기 때문에 히로타 교장에게 대들어 주기를 기다리고 있었을지도 모른다. 그러나 유키히코와 나는 히로타 교장이 센지를 때리는 것을 멈출 때까지 아무 말도 하지 못한 채 그저 입을 꾹 다물고 있었다. 스물두 살 때(1962년) 수작업으로 만든 《시바텐》(1971년 가이세이샤에서 출판)은 이때의 일을 바탕으로 한 것이다.

그 사건이 있고 난 뒤에도 센지는 유키히코와 나의 호위병 역할을 포기하지 않고 이소도 마을 입구까지 함께 걸어주었다. 어느 날 센지가 우리 집에 놀러 가도 되냐고 물어보길래, 나는 흔쾌히 그러라고 했다. 지난번 일로 마음의 빚을 지고 있던 터라, 나는 센지에게 무엇이든 해줘야 한다고 생각했다.

며칠 후 일요일, 센지가 우리 집에 놀러 왔다. 사람들은 보통 우물 옆을 지나 곧바로 우리 집으로 들어오는데, 센지는 이상하게도 마당 반대쪽에 있는 감초밭에 서서 나를 불렀다. 나는 깜짝 놀라 마당으로 나갔다.

센지는 밭을 사이에 두고 말을 걸었다.

"네가 놀러 와도 된다고 해서 왔는데, 집에 들어가도 돼?"

내가 막 센지에게 대답하려는데, 등 뒤에서 엄마가 나지막한 목소리로 불렀다.

"세이조, 잠깐만."

센지를 세워둔 채 집 안으로 들어가니, 엄마가 심각한 표정을 지으며 엄한 목소리로 말했다.

"저 아이만큼은 안 된다. 돌려보내."

엄마는 옆 마을에 있는 초등학교 선생님이었는데, 가난한 아이들이나 차별받는 사람들에게 늘 따뜻한 태도로 대했고, 우리가 약한 아이를 괴롭히면 아주 호되게 야단을 치는 아주 정의로운 사람이었다. 그런 엄마가 그때 왜 그런 말을 했는지 지금도 알 수가 없다.

나는 엄마의 말을 어떻게 전하면 좋을지 고민하면서 마당을 가로질러 걸어갔다.

"알겠어, 알겠다고. 역시 그렇지 뭐."

센지는 내 얼굴을 보자마자 이렇게 혼자 중얼거리고는 돌아가 버렸다.

이 일이 있고 나서 얼마 뒤 센지는 전학을 갔다. 학교에 아무 말도 하지 않고 가버렸기 때문에, 센지가 어디로 갔는지는 아무도 몰랐다.

어린 날의 상처는 대개 천천히 아물었다. 하지만 우메키와 센지에게 준 상처는 아무리 시간이 지나도 아물지 않은 채 내 마음속에 남아 있다. 그들의 상처에서는 지금도 빨간 피가 계속 흐르고 있겠지.

파란 죽음의 세계

요시와라에서 지낼 때, 유키히코와 나는 단둘이 많이 놀았다. 사람들은 우리가 노는 모습이 아주 사이좋고 얌전해 보인다고 했다.

　하지만 유키히코와 나 사이에 누군가 끼어들면 둘 사이는 바로 나빠졌다. 옆집에 사는 동급생, 게이와 셋이서 물고기 잡으러 간 날도 그랬다. 게이는 공부를 잘하는 성실한 아이였다. 그리고 성격도 아주 좋고 차분해서 늘 반장을 도맡은 모범생으로, 우리가 함께 놀자고 하면 언제나 기꺼이 따라주었다. 게이는 개울가에 도착하자마자 물고기가 잘 잡힐 만한 곳에 자리를 잡고 능숙한 솜씨로 낚싯줄에 미끼를 달아 물에 던졌다. 그러고는 얼마 지나지 않아 금세 한두 마리를 낚아 올렸다.

반면에 유키히코와 나는 낚싯대에 엉킨 줄을 풀거나 낚싯바늘에 미끼를 달면서부터 서로에게 투덜대기 시작했다.

"그렇게 하면 안 돼. 바늘이 다 보이잖아."

"너야말로 그렇게 하면 안 돼. 처음에 미끼를 많이 쓰니까 나중에 모자라게 되는 거라고."

"빨리 해. 게이는 벌써 두 마리나 잡았잖아."

"네가 자꾸 투덜거리니까 나까지 늦어지는 거야."

우리는 이렇게 서로 으르렁대며 낚싯대 드리울 곳을 정하고, 낚싯줄에 찌를 달았다. 서로에게서 서툴고, 요령 없고, 창피한 자신의 모습을 발견하고는 더욱더 화를 냈다.

게이에게 뒤진 것을 만회하기 위해 허둥지둥 던진 낚싯줄이 공중에서 서로 엉켜버렸다.

"봐, 네가 덤벙대니까 엉켰잖아."

"세이조, 너야말로 좀 떨어진 곳에서 던지면 좋았을 텐데, 이렇게 가까이 달라붙어 있으니까 엉키지."

유키히코와 나는 울상이 되어 엉킨 실을 풀려고 했다. 그 옆에서 게이는 큰 물고기를 몇 마리나 낚아 올렸다. 우리는 곁눈으로 그 모습을 힐끔힐끔 보면서 엉킨 줄을 풀어보려 했지만, 낚싯줄은 풀 수 없는 지경으로 더 엉켜버렸다.

"그렇게 푸니까 오히려 더 엉켜버렸잖아."

화가 난 우리는 서로 낚싯대를 잡아채다가 줄이 끊어지는 바람에 낚싯바늘이며 찌와 미끼가 풀숲으로 날아가 버려, 더 이상 낚시를 할 수 없게 되었다. 유키히코가 먼저 큰 소리로 엉엉 울기 시작하자, 나도 억울하고 분해서 눈물을 흘렸다. 그러는 사이 게이는 큰 물고기를 몇 마리나 더 낚아 올렸다.

요시와라에서는 이런 최악의 상황이 몇 번이고 반복되었다. 낚시할 때만이 아니었다. 연날리기나 팽이치기할 때도 우리 사이에 다른 아이가 끼어들면 어김없이 싸웠고, 끝내 울음을 터뜨렸다. 그러자 아이들은 점점 우리와 놀기를 꺼렸다.

이소도 마을 한가운데를 흐르는 개울은 바닥이 진흙이어서 물에 들어가면 금세 질척거리고 탁한 흙탕물로 변해버렸다. 강도 마찬가지였다. 이소도의 개울이 강과 합류하는 지점에서 강 상류 쪽으로 조금 올라가면 모래바닥이 나오고 깨끗한 물이 흘렀다. 그래서 그곳에는 피라미, 무지개송어, 망둥이, 기름종개 등 맑은 물에서만 사는 물고기들이 있었다. 이소도 마을의 개울이나 강의 하류에는 메기, 붕어, 구굴무치, 민물새우 등이 살았다.

우리는 늘 개울에서 놀았고, 흙탕물에서 물고기를 잡았다. 그러던 어느 날, 유키히코와 나는 강 상류로 헤엄치러 가보기로 했다. 이소도의 작은 개울이 강과 합류하는 곳에서 강 쪽으로 더 올라가야 있는, 강둑 아래 물이 고여 있는 곳이었다. 폭이 오 미터이고, 길이가 십 미터 정도 되는 곳으로, 둑 바로 아래는 도려낸 것처럼 움푹 파여 있었지만 강 가장자리는 그리 깊지 않았다. 우리 키를 넘는 곳은 둑에서 오륙 미터나 떨어져 있어서, 아이들에게 그리 위험한 장소는 아니었다. 그러나 이소도의 얕은 내에서만 헤엄을 치던 우리가 거기까지 놀러 간 것은 처음이었다. 아마도 그곳은 다른 마을 아이들 영역이었기 때문이었을 것이다.

그날은 햇살이 강하게 내리쬐는, 유난히도 더운 날이었다. 폭염으로 달아오른 한낮에는 대부분의 아이들이 집 밖으로 나오지 않았다. 좀이 쑤신 아이들이 밖으로 나가려고 하면, 불볕더위에 돌아다니면 안 된다며 어른들이 으름장을 놓았기 때문이다. 그러나 유키히코와 나는 요령껏 집을 빠져나와 오래전부터 가보고 싶었던, 강 상류로 올라갔다. 이글거리는 태양은 금방이라도 우리 몸을 태워버릴 듯했다. 우리는 일 초라도 빨리 맑은 물에 뛰어들고 싶었다. 강에 도착하자마자 유키히코가 밀짚모자와 옷을 벗어던졌는데, 바로 그때 한 자락 바람이 둑 위에서 불어와 유키히코의 밀짚모자를 강 한가운데로 날려버렸다. 유키히코는 후다닥 옷을 마저 벗고 그대로 물속으로 뛰어들어 모자 쪽으로 헤엄쳐 갔다.

당시 우리가 친 헤엄은 '퍼덕퍼덕'이라고, 얼굴까지 물속에 넣고 손발을 마구 저어서 앞으로 나아가는 방식이었다. 헤엄치다가 숨이 막히면 바닥에 발을 딛고 서서 얼굴의 물기를 손으로 털어내고 숨을 크게 들이쉰 다음, 다시 물속에 얼굴을 넣고 팔다리를 저어서 앞으로 나아갔다.

강 한가운데로 헤엄쳐 가던 유키히코는 숨이 가빠지자 팔다리 휘젓는 것을 멈추고, 물 밖으로 얼굴을 들어 숨을 쉬려고 했다. 하지만 발이 바닥에 닿지 않았던지 물속으로 빨려 들어가듯 아래로 쑥 가라앉았다. 너무 놀란 나는 어쩔 줄 몰라 둑 위에서 지켜보고만 있었다. 유키히코는 허우적대며 얼굴을 겨우 내밀고 뭐라고 소리치고는 또다시 물속으로 가라앉아 버렸다. 유키히코와 내가 뭔가를 할 때면 늘 내가 먼저 움직이는 편이었는데, 그날따라 나는 밀짚모자도 그대로 쓰고 있었고 러닝셔츠, 팬티, 반바지를 모두 입은 채였다.

눈앞에서 물에 빠져 죽는 아이를 목격한다면, 유키히코가 딱 그런 모습이었다. 나는 밀짚모자만 벗어놓고 옷을 입은 채, 유키히코가 사라진 물속으로 뛰어들었다.

그곳은 우리가 놀던 이소도의 개울과 달리 무척이나 파랗고 깨끗했다. 그 깊은 파란 물이 유키히코뿐 아니라 나마저도 삼켜버릴 것 같아, 심장을 쥐어짜는 듯한 무서움에 휩싸였다.

나는 물속에서 양손을 마구 휘저으며 사방을 둘러보았지만, 파란 물속 어디에도 유키히코의 모습은 보이지 않았다. 숨이 가빠진 나는 물 밖에 얼굴을 내밀고 한껏 공기를 들이마신

뒤, 다시 파닥거리며 강 한가운데 쪽으로 헤엄쳐 갔다. '퍼덕퍼덕' 헤엄은 양쪽 팔다리를 마구 휘저어서 물장구를 치기 때문에 체력 소모가 크고, 물보라가 요란하게 사방으로 튀지만 앞으로 많이 나아가지는 못했다.

온 힘을 다해 헤엄쳐 유키히코가 가라앉은 곳 근처에 도착하고도 남을 지점까지 갔는데, 유키히코의 모습은 전혀 보이지 않았다.

지나쳐버린 것이 아닐까 걱정되어 방향을 돌려서 헤엄쳐 온 곳으로 다시 돌아갔다. 그렇게 오랫동안 한 번도 쉬지 않고 헤엄치기는 처음이었다. 몸은 피곤하고 숨쉬기는 힘들고, 어쩌면 나까지도 물에 빠져 죽을지 모른다는 무서운 생각이 들어 얼굴을 들고 숨을 쉬려고 할 때, 벌컥 물을 마시고 말았다. 유키히코가 한발 앞서 들어간 강바닥의 파란 죽음의 세계로 나도 빨려 들어가는 느낌이 들었다.

더 이상 헤엄칠 수가 없었다. 납덩이처럼 무거워진 다리는 그대로 두고 팔만 휘저었다. 가끔 얼굴을 물 밖으로 내밀어 간신히 숨을 쉴 뿐이었다. 그러나 물에 빨려 들어가면서도 조금만 더 앞으로 가면 물가로 나갈 수 있지 않을까 하는 생각이 들었다. 손을 더듬어 풀이나 말뚝을 찾았지만, 아무것도 잡히지 않았다. 그러다 내가 가고 있는 정반대 쪽에 강가가 있는 것이 아닐까 하는 생각이 들었다. 강가 쪽으로 가까이 가고 있는 줄 알았는데, 갑자기 거꾸로 강 한가운데 쪽으로 가고 있는 것이 아닌가 하는 기분이 들면 또 방향을 바꾸어 반대쪽으로 가려고 했다. 그러는 동안 물을 너무 많이 마셔서 손가락 움직일 힘조차도 없어졌다.

그때 발에 무엇인가 닿는 느낌이 들었다. 나는 모든 신경을 양쪽 발에 집중하고 최대한 다리를 뻗어보았다. 그것은 모래 바닥이었다. 바닥을 딛고 몸을 일으켜 보니 배꼽 높이밖에 안 되는 얕은 물이었다. 가까이에서 유키히코가 얼굴을 들고 어푸 어푸 소리를 지르며 허우적거리고 있었다.

"유키히코, 발을 디뎌. 여기 얕은 데야!"

아무리 큰 소리로 외쳐도 유키히코는 가라앉고 떠오르기를 되풀이했다. 나는 첨벙첨벙 걸어서 유키히코에게 다가가 뺨을 찰싹 때렸다. 유키히코는 갑자기 꿈에서 깬 것처럼 몸을 일으켜 세우더니 물을 토해냈다. 퍼덕거리면서 이리저리 왔다 갔다 하는 동안 얕은 곳으로 떠밀려 갔던 것이다.

유키히코와 나는 죽음의 나라에서 살아 돌아온 기쁨과 우리가 한 일이 우스워서 뜨겁게 달아오른 강가의 돌 위에 앉아 깔깔깔 웃어댔다.

물고기에게 진 날

쌍둥이인 유키히코와 나는 다섯 살에서 열 살까지 늘 함께 했다. 유키히코를 보면 나 자신의 내면을 보는 듯한 느낌이 들었다. 유키히코와 나에게 서로의 존재는 또 하나의 자신이었다. 그러나 반대로 나는 나이고 유키히코는 유키히코여서, 유키히코는 내 힘으로는 어떻게 하지 못하는 나 자신이기도 했다. 서로 의견이 엇갈릴 적도 있고, 마음에 들지 않는 행동을 하면 서로 미워하기도 하고, 크게 싸우기도 했다. 하지만 마음이 맞을 때면 아주 사이좋게 지냈다.

강으로 낚시를 갈 때는 거의 둘이서만 다녔다. 강에서는 붕어, 메기, 장어 등을 잡았는데, 민물새우를 잡는 경우가 가장 많았다. 민물새우는 몸길이 오 센티미터 정도에 다리가 길고 가늘며, 온몸이 투명하다. 물이 맑은 날에는 강바닥에서 천천히 걷고 있는 것이 보이는데, 손이나 족대로 잡으려고 하면 금세 낌새를 알아채고 엄청난 속도로 뒷걸음을 치며 달아났다. 민물새우를 잡는 가장 좋은 방법은 낚는 것인데, 많을 때는 둘이서 백 마리 넘게 잡을 때도 있었다. 민물새우는 간장으로 졸이거나 튀겨서 먹기도 했는데, 꽤 맛이 좋았다. 민물새우를 많이 잡은 날은 아버지에게 칭찬을 받았다. 몸길이 오 센티미터 정도의 작은 생물이지만 민물새우 입장에서 보면, 날카로운 바늘에 걸려 전혀 다른 세상으로 끌려오게 된 것이다. 민물새우는 우리가 낚시하는 둑 위까지 낚싯줄에 끌려오는 동안 죽을 힘을 다해 몸을 흔들어댔다. '파다다닥!' 하는 떨림이 낚싯줄을 타고 팔 근육을 울릴 정도였다. 민물새우를 잡던 강은 이제 사라져 더는 민물새우가 살지도 않겠지만, 그때의 몸부림은 지금도 내 몸속에 생생한 느낌으로 남아 있다.

민물새우를 낚을 때의 느낌이 '파다다닥'이었다면, 가재는 '턱' 하는 둔탁한 소리가 날 뿐 별다른 반응 없이 공중으로 낚여 올라왔다. 그런가 하면 둑중개(동사리)는 낚싯줄에 걸리면 물속을 빙그르르 몇 바퀴나 돌고 나서 '비치비치' 하는 소리를 내며 끌려 올라와, 둑 바닥에 내려놓으면 파닥파닥 춤을 추었다. 붕어는 줄을 당기는 힘이 좋고, 메기도 기운이 셌다. 뱀장어는 바늘을 깊이 삼켜버려 낚싯줄이 장어에 엉키거나 장어가 줄에 엉켜 아주 성가셨다. 그때마다 우리는 요란스럽게 주머니칼로 장어의 배를 갈라 바늘을 꺼냈다.

유키히코와 나는 날씨가 좋은 날은 물론이고, 비가 오는 날에도 자주 낚시하러 갔다. 태풍으로 강물이 불어났을 때에도 다른 아이들은 어른들이 위험하다며 못 나가게 했지만, 우리는 부모님이 집을 비운 사이 낚싯대를 메고 집을 나섰다. 세차게 쏟아지는 비를 맞으면 차갑기보다 아프게 느껴졌다. 개울가에는 모기나 나방을 유인하는 유도등이 있었는데, 거기에 모여든 모기를 죽이기 위한, 지름 일 미터 정도의 기름 바른 넓적한 철제 접시가 있었다. 우리는 접시 아래에 앉아 끈질기게 낚시를 했다. 비가 많이 오는 날에는 물고기가 많이 잡히지는 않았지만, 어쩌다 아주 큰 물고기가 잡히기도 했다. 둘이서 힘을 모아 끌려 올려야 했는데, 그럴 때는 여느 아이들보다 마음이 잘 맞아서 성공하는 경우가 많았다. 그렇게 잡은 물고기는 어느 누구의 것이 아니었다. 둘이서 잡은 것이기에 둘의 공동 재산인 것처럼 사이좋게 집으로 가지고 갔다.

그러나 서로 호흡이 잘 맞지 않아서 큰 물고기를 놓치기라도 한 날은 서로를 원망했다.

"네가 잘못했잖아."

"뭐라고? 너 때문이야!"

이러면서 계속 서로에게 비난을 퍼부었다.

큰비가 내리는 날 마을 모습은 평소와는 달랐다. 메마른 둑까지 물이 차올라 평소에 우리가 낚싯대를 드리우던 곳에서 물고기들이 헤엄을 쳤다. 딱딱하게 말라 있던 붉은 흙이나 풀이 무성했던 곳까지 물이 찰랑거렸다. 중베짱이와 나비가 날아다니던 곳에서 큰 물고기가 헤엄치고 있을지도 모른다는 생각에 우리는 설렜다. 물바다가 되어버린 길에서 잉어와 메기가 숨어 있다 펄쩍 뛰어오르면, 찌릿찌릿 온몸에 전기가 흘렀다. 평소에는 우리가 감히 다가갈 수 없었던 강 한가운데에서 느긋하게 우리를 비웃고 있던 큰 물고기가 우리 영역으로 들어왔다는 생각에, 유키히코와 나는 흥분을 감추지 못했다.

우리가 사는 이소도 마을 한가운데를 흐르는 개울이나 강의 하류도 평소에는 흐름이 아주 완만해서 찌가 거의 움직이지 않을 정도였다. 고요한 날은 강변에 앉아 찌가 눈앞에서 조금씩 이동해가는 것을 천천히 바라보기만 하면 되었다. 물 위에 떠 있는 찌를 가만히 지켜보면서 그 아래에 어떤 물고기가 몰려들고 있는지 상상하는 것도 즐거운 일이었다. 물이 흐려져 강바닥이 잘 보이지 않아도 평소에 헤엄치고, 잠수하고, 손으로 물고기를 잡았기 때문에 개울과 강 구석구석을 훤히 꿰고 있었다. 어디에 어떤 돌이 있는지, 물풀이 어떤 모양으로 자라

고 있는지 잘 알고 있었다. 바위나 마름의 그늘에 숨어 우리가 던진 지렁이를 노리고 있는 물고기를 떠올리면 가슴이 설렜다.

민물새우를 잡을 때만은 느긋하게 있을 수 없었다. 우리는 대여섯 개의 낚싯대를 가지고 가서는 미끼를 매단 낚싯줄을 물속으로 던지고 낚싯대는 둑에 잘 꽂아두었다. 꽂아둔 낚싯대 사이를 돌아다니면서 줄이 팽팽하게 당겨지는 느낌이 들면 낚싯대를 들어 올려, 잡힌 녀석을 바늘에서 떼어내고, 새로운 먹이를 매달아 던져두고 또 다른 낚싯대로 달려갔다. 민물새우가 많이 잡히는 날, 유키히코와 나는 춤을 추듯 둑 위를 뛰어다녔다.

강 상류까지 가서 낚시를 한 적도 있었다. 이소도의 내와 강 하류에 있는 진흙물에서 낚시하는 것이 싫증 나서 그런 것은 아니었다. 물이 맑은 강 상류에 사는 물고기를 한번 낚아보고 싶었다. 유키히코와 내가 빠져 죽을 뻔했던 곳에서 오백 미터 정도 올라간 상류에는 큰 바위들이 있고, 그 사이를 물줄기가 거세게 흐르고 있었다. 군데군데 패여 맑은 물이 고인 웅덩이 바닥에 어떤 물고기가 살고 있을지 상상만 해도 몸이 들썩거려 참을 수가 없었다.

유키히코와 내가 가려고 했던 강 상류는 우리가 다니는 초등학교보다 위쪽으로, 요시와라에서 사람이 가장 많이 사는 곳보다 더 위쪽에 있었다. 그곳은 다른 마을 아이들의 영역이었는데, 그 마을에는 우리를 괴롭히는 아이들이 살고 있었다. 그래서 우리는 거기서 낚시하는 것을 포기하고 있었던 것이다. 하지만 어떻게 해서라도 그 맑은 물에 낚싯줄을 드리우고 싶었다. 우리를 괴롭히는 아이들이 없을 때가 가장 좋은데, 그건 그 아이들이 학교에 가고 없는 동안이었다. 그래서 유키히코와 나는 학교를 빼먹고 초등학교 뒷산을 넘어 산골짜기를 따라 집이나 사람이 적은 길을 골라 강 상류에 도착했다.

우리는 두근거리는 마음으로 바위 위에서 낚싯줄을 드리웠다. 그러나 한 시간이 지나고, 두 시간이 지나도 물고기는 한 마리도 잡히지 않을뿐더러 찌가 꼼짝도 하지 않았다. 지금 생각해보면, 그 강에 사는 물고기들은 우리가 미끼로 사용하는 지렁이로는 잡을 수 없는 물고기였던 것 같다. 하지만 우리는 포기하지 않았다. 바위 위를 여기저기 옮겨 다니면서 필사적으로 물고기가 잡힐 듯한 장소를 찾았다. 햇빛이 닿지 않는 골짜기는 여름날에도 서늘한 기운이 감돌아, 러닝셔츠와 반바지를 입은 우리는 마침내 입술이 파랗게 변하고 덜덜 떨기 시작했다. 누구였는지 모르겠지만 그만 돌아가자고 이야기를 꺼냈을 때, 우리는 기다렸다는 듯이 줄을 낚싯대에 감고 빈 양동이를 들고 서둘러 강에서 내려왔다.

갑자기 오줌이 마려웠다. 언덕 위에서 내려다보니 수업 중인지 학교 운동장에 아이들이 한 명도 보이지 않았다. 가까운 곳에 교실 건물과 떨어져 있는 화장실이 보였다. 빨리 뛰어 내려가면 금방 갈 수 있을 것 같았다. 나는 당장이라도 새어 나올 것 같은 아랫도리를 감싸 쥐고 언덕을 뛰어 내려갔다. 등을 구부리고 몸을 배배 꼬며 달리는 모습은 내가 생각해도 우스꽝스러웠지만, 유키히코가 뒤에서 깔깔거리며 뒹구는 것이 화가 났다. '저렇게 큰 소리로 웃으면, 교실에 있는 친구들에게 들리지 않을까?' 하고 생각했지만, 말을 못 할 정도로 급했다.

그런데 수업 끝나는 종이 울리고, 아이들이 우르르 운동장으로 쏟아져 나왔다. 화장실로 달려가는 아이들도 있었다. 나는 발길을 돌려서 네발로 기어 다시 언덕을 올라갔다. 바로 그때, 더 이상 내 힘으로 막지 못한 것이 쏟아져 나왔다. 반바지 한쪽으로 새어 나온 오줌은 한쪽 다리를 타고 흘러내렸다. 유키히코는 더 큰 소리로 웃었고, 나는 울상이 되어 유키히코의 뒤를 터벅터벅 따라갔다.

나는 물고기를 한 마리도 잡지 못했다는 패배감과 민망한 모습이 된 비참함에 고개를 떨구고 언덕 위의 하얀 길을 걸었다. 유키히코는 물고기를 잡지 못한 억울함도 잊어버리고, 웃다 노래하다 춤추듯이 걸었다. 그런 유키히코가 미웠지만, 즐거워하는 그를 보기만 해도 나는 부끄러움과 슬픔이 조금 옅어지는 기분이었다.

가난했지만 마음만은 꽉 차 있었던

어린 시절,

무엇이든 가리지 않고

열중했던 시간이

'보석'이 되어

지금까지 내 마음속에서

반짝이고 있다.

–

다시마 세이조

작가의 말

다시마 세이조

이십 년 전의 일이다. 우리 집으로 편지 한 통이 도착했다. 고치현에 사는 한 여자아이에게서 온 편지였다.

나는 오랫동안 그림책 작가로 지내고 있는 덕분에 독자들로부터 자주 편지를 받는다. 그러나 이 편지는 좀 특별했다.

편지는 이렇게 시작되었다.

"저는 지금 작가님이 살았던 집에 살고 있습니다."

'뭐라고?'

나는 놀라서 소리 내어 편지를 읽어 내려갔다. 편지를 읽으면서 의문이 풀렸다. 그 여자아이는 내가 일 년 정도 지냈던, 요시와라의 진마 아저씨네 집에 살고 있었다. 말년의 진마 아저씨를 돌봐주던 쓰네 아주머니가 계셨는데, 여자아이는 그 아주머니의 증손녀라고 했다.

아이에게 받은 편지는 흥미로우면서도 감동적이었다. 쓰네 할머니가 증손녀에게 내 그림책을 선물했고, 그림책을 본 아이가 나한테 편지를 보낸 것이었다. 소녀의 할머니가 쓰네 아주머니의 딸인지 아니면 며느리인지 알 수는 없지만, 아무튼 내 추억 속에 남아 있는 오래된 집에 그 아이가 살고 있고, 쓰네 아주머니를 증조할머니라고 부르는 관계라는 것이 놀랍고도 감동적일 뿐이었다.

쓰네 아주머니는 이소도 마을에 사는 늙은 부인이었다. 시골 노인들은 대부분 허리가 앞으로 굽는데, 쓰네 아주머니는 등이 뒤로 젖혀져 있었다. 나는 아주머니가 걸을 때마다 용케도 어디에 걸려 넘어지지 않고 잘 걷는다고 생각했다. 양자인 우리 가족을 쫓아낸 뒤 진마 아저씨는 다시 혼자 살게 되었는데, 쓰네 아주머니는 성질이 고약하고 까다로운 진마 아저씨를 진득하게 잘 돌봐주었다.

진마 아저씨가 세상을 떠난 후, 중학생이 된 유키히코와 나는 일요일마다 고치시에서 고개를 넘어 요시와라로 가서 그 집에서 하룻밤을 보내곤 했다. 진마 아저씨는 우리에게 못되게 굴었지만 아저씨가 없는 집에서 묵는 날이면, 평생을 홀로 지낸 아저씨 생각이 나기도 했다. 살아 있을 때는 정이 가지 않는 노인이었는데, 아저씨의 일생을 생각하면 말로 표현할 수 없는,

깊고 먼 산을 바라보는 것 같은 느낌이 들었다. 어린 시절을 보낸 마을이 그립기도 했고, 진마 아저씨가 없는 집에서 유키히코와 둘이서 장지문에 그려진 그림과 기둥에 걸려 있는 그림을 보는 것이 즐거웠던 우리는 주말마다 요시와라에 갔다.

쓰네 아주머니는 밥도 해주시고, 이것저것 돌봐주시기도 했다. 쓰네 아주머니가 만든 요리는 흑설탕이 너무 많이 들어가 우리 입맛에는 맞지 않았지만, 그것 또한 새로운 경험이라고 여기며 나름 즐겁게 지냈다.

쓰네 아주머니의 증손녀에게서 온 편지 마지막에는 이렇게 적혀 있었다.

"작가님이 알고 있는 마을 풍경은 너무나 많이 달라졌습니다. 작가님이 알고 있는 산과 밭은 이제 없습니다."

나는 어느 정도 각오는 하고 있었다. 일본의 아름다운 풍경이 점점 사라져 가고 있었기에, 내가 어린 시절을 보낸 마을도 예외는 아닐 거라는 예상은 하고 있었다. 그러나 개똥지빠귀와 직박구리를 잡았던 산, 감이나 밤과 으름을 땄던 산이 없어졌다는 사실은 도저히 믿을 수가 없었다.

편지를 받고 나서 몇 달이 지난 어느 날, 고치에 갈 기회가 생겼다. 나는 그 아이의 편지대로 마을이 변했는지 확인하러 가보기로 했다. 우리가 요시와라에 살 때는 고치에서 고개를 넘어 걸어가면 두세 시간, 강변을 따라 버스로 가면 한 시간 반 정도 걸렸던 걸로 기억하는데, 터널과 큰 도로가 생겨 차로 십분 정도면 갈 수 있었다.

하지만 나는 마을에 도착하자마자 그곳을 찾은 것을 후회했다. 자동차 전용 도로가 사방으로 뻗어 있는 등, 마을 전체가 도로 아래로 가라앉은 것이 아닌가 착각할 정도로 달라져 있었다. 무엇보다 가장 달라진 것은 산의 모양새였다. 우리 집이 있던 이소도 마을에서 봤을 때, 강 건너 산에는 계단식 논이 있고 그리로 올라가면 커다란 벚나무 한 그루가 서 있었다. 그 오른쪽으로 보이는 산길을 걸어가면 아타고산 쪽으로 가는 길이 나왔다. 그 길에서 우리는 개똥지빠귀와 직박구리를 잡곤 했다. 그 부근에서 더 들어간 컴컴한 산속 어딘가가 호랑지빠귀와 격투를 벌인 곳이었다.

그런데 깊은 산속까지 주택지로 변해버렸고, 매립지 안쪽에 '아타고산 등산로 입구'라고 적힌 표지판이 있었다. 벚나무, 잣나무, 모감주나무는 모두 어디로 가버린 것일까? 골짜기와 나무 사이를 누비고 다니던 동물들은 어디로 가버린 것일까? 나무 아래 어둠 속에 살고 있던 원령들은 어디로 간 것일까? 산새들과 개울에 살던 둑중개와 민물새우는 영원히 사라져 버린 것일까?

나는 너무 큰 충격에 할 말을 잃고 중얼거렸다.

"오지 말걸 그랬어. 괜히 왔어."

아버지 살아생전에 요시와라의 산을 판다는 이야기를 남의 일처럼 흘려들었던 나에게도 책임이 있다. 사랑스러운 경치와 생물들이 사는 터전을 돈으로 바꾸고 만 결과, 다시마 가족은 마을을 파괴하는 일에 가담한 것이다.

우리는 이제 추억이라는 작은 조각밖에 가지고 있지 않다. 나는 그 조각에 의지해서 내가 만드는 그림책의 그림에 마을의 모든 것을 담아왔다. 예를 들어 지금 우리가 살고 있는 도쿄 부근의 히노데 마을의 길, 논밭, 산을 그릴 때면, 내 붓끝은 어릴 적 나의 발처럼 요시와라의 논밭 사이를 달리고, 산과 숲을 오르내린다.

요시와라는 이제 내가 그리는 그림에만 존재하게 되었다.